데이비드 호킨스 David R. Hawkins

마더 테레사가 사회학·네계적인 영적 스승 데이비드 호킨스 박사는
영적으로 진   대한
각성이라는

그는 1952년   서
평생회원이   펴낸
『분자교정 정신의학』은 이 분야를 정립하여 선구적 자극을
주는 기념비적 저서가 되었다.

수많은 영적 진실이 설명의 부족으로 인해 오랜 세월 동안 오해받아
온 것을 관찰한 호킨스 박사는 인간의 의식 수준을 1부터 1000까지의
척도로 수치화한 지표인 '의식 지도'를 제시했다. '신체운동학 이론'을
바탕으로 한 의식 지도의 탄생 과정과 그 의의를 담고 있는 『의식
혁명』을 시작으로 『나의 눈』, 『호모 스피리투스』, 『진실 대 거짓』,
『내 안의 참나를 만나다』, 『의식 수준을 넘어서』, 『현대인의 의식 지도』,
『치유와 회복』 등의 저서를 연이어 출간하며 세계적인 영적 스승으로
자리매김하게 되었다.

하버드 대학과 옥스퍼드 포럼 및 캘리포니아 의대 등에서 강연을
했고, 「바바라 월터스 쇼」를 비롯한 다수의 TV 방송에 출연했다.
인간 경험을 의식 진화의 관점에서 재맥락화하고 마음과 영, 양자에
대한 이해를 생명과 존재의 기층이자 지속적 근원인 내재적 신성의
표현들로 통합하는 것을 목표로 다양한 강연 활동과 저술 활동을
펼쳤다.

2012년 9월 19일 호킨스 박사는 행복과 사랑, 환희, 성공, 건강
나아가 궁극적으로는 깨달음에 이르는 여정이 좀 더 수월할 수 있도록
안내하는 『놓아 버림』을 마지막으로 애리조나주 세도나에 있는
자택에서 눈을 감았다.

디자인
김다희

데이비드 호킨스의
365일 명상

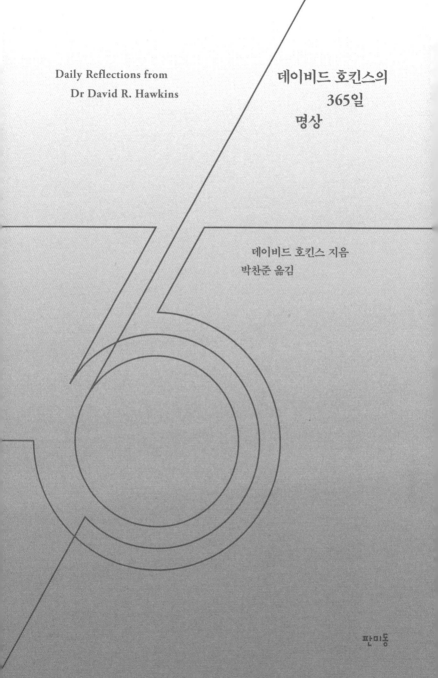

Daily Reflections from
Dr David R. Hawkins

데이비드 호킨스의
365일
명상

데이비드 호킨스 지음
박찬준 옮김

판미동

일러두기

1. 『데이비드 호킨스의 365일 명상』은 호킨스 박사의 저서에서 발췌한 구절들을 엮은 책을 옮긴 것이다. 그 출처는 해당 구절 끝에 달려 있다.

2. 원문에서 Self, Divine과 같이 첫 글자가 대문자로 표기된 말들은 **큰나, 신성**과 같이 볼드체로 표기했다.

3. 주석은 모두 옮긴이가 붙인 것이다.

4. 이 책을 이해하는 데 필요한 주요 용어의 원어는 다음과 같다.

알아차림 awareness
앎 knowingness
진실성 integrity
관상(觀想) contemplation 숙고, 응시
청원(請援) invitation 신에게 청함
실재(實在) existence 실제로 존재함
존재 presence 그 자리에 존재함, 영적 존재
파워 power 권능, 영향력
포스, 강제력 force

Gloria in Excelsis Deo!

깨달음에 이르는 과정에서 각 단계의 본질이 밝혀질 때면 신이 나고 보람을 느낍니다. 그런데 맥락을 모르면 어떤 결정적인 통찰이 흥미와 함께 당혹감을 줄 수도 있습니다. 그래서 각 구도자가 알아 두면 필요할 때 길을 보여 주어 쉽게 지나가게 해 줄 핵심 사항들이 있습니다. 이 책은 그런 중요한 도약의 지렛목이 되어 줄 진실들의 모음집입니다. 천국으로 통하는 문은 많지만 구도자는 각자 나름의 루트를 찾아내야 합니다.

이 책을 깊이 이해하면 복잡해 보이던 긴요한 진실의 실마리가 풀립니다. 신에게 이르는 1만 개의 길을 성공적인 경로들이 지닌 결정적 공통점 몇 가지로 줄일 수 있다는 말이 있습니다. 그러므로 이 책의 발췌문들은 그 하나하나가 큰 가치가 있는 것으로 입증된 것이라고 하겠습니다.

— 즐거운 여정이 되길 바랍니다.
데이비드 R. 호킨스

"영*spirit*의 운명은 — 결과가 좋든 나쁘든 — 사람이 하는 선택과 결정에 달려 있다."

이 인용문은 이 책에 수록된 '오늘의 명상' 중 하나입니다. 이 말로 호킨스 박사는 우리가 매일의 삶에서 어떤 선택을 하든 그 선택이 우리 영의 운명에 곧바로 영향을 미친다는 사실을 일깨웁니다. 오늘 무슨 일을 할까? 오늘 무슨 생각으로 마음을 어지럽힐까? 오늘 무엇에 마음을 쏟을까? 이렇게 내면의 삶과 외부의 삶에서 우리가 하는 선택들이 우리 영의 운명을 결정합니다.

그래서 이 책은 큰 가치가 있습니다. 우리에게 매일 방향을 제시해 주니까요. 매일 우리가 관상할 구절을 하나씩 제공합니다. 주어진 구절을 관상하는 데 시간을 내어 구절 하나가 우리 영에 깊이 스며들게 하면 우리의 하루는 긍정적인 방향을 향할 것입니다. 우리는 어느 날 폭삭 망할 수도 있습니다. 누구도 완벽할 수는 없으니까요. 하지만 그럴 때에도 매일의 영적 성찰은 우리가 포기하지 않고 일어서도록 힘을 보태 줄 것입니다.

한번은 호킨스 박사님에게 평생에 걸친 그의 저작에 어떤 의의가 있는지를 묻자 박사님은 그것이 효소와 같다고 했습니다. "의식에 관한 그런 정보에는 모든 영적 장애와 병증을 진단하고 해결할 힘이 있어요. 영적 촉진을 일으키는 '효소'처럼 기능하는 것이죠. 이 효소와 접촉하면 우리가 타고난 자기 알아차림self-awareness과 자가 치유의 메커니즘이 강화돼요." 이렇기에 매일 명상할 구절을 담은 이 작은 책은 우리가 그날그날 겪는 현상을 소화해 우리 영에 이로운 어떤 것으로 바꾸는 데 도움될 영적 '효소'를 제공합니다.

호킨스 박사님의 말을 듣자 로마의 마더 테레사 수녀원에서 '사랑의 선교회' 수녀들을 만났던 때가 생각났습니다. 그들은 2016년 바티칸에서 열린 테레사 수녀의 시성식에 저와 일행을 초대했습니다. 저희는 '가난한 이들의 집'을 둘러봤는데 그곳에서 그들은 '가난한 이들 가운데에서도 가장 가난한 이들에게 마음을 다해 봉사'하겠다는 서약을 실천하고 있었습니다. 그 수녀들은 날마다 병들고 죽어 가는 이들과 함께 삽니다. 다른 누구도 돌보지 않을 버림받은 이들과 삽니다. 그곳은 사랑으로 가득 차 있었습니다. 저희는 "어떻게 이 일을 매일 하실 수 있죠? 어디서 에너지를 얻으세요?"라고 물었습니다. 그들은 매일 4시간씩 기도하는 시간에 하느님 말씀 묵상, 성체 성사 그리고 성찬 속 예수를 경배하는 성 시간Holy Hour이 포함된다고 했습니다. 그들의 삶 자체가 성체 속에 있는 그리스도의 존재로 점철되어 있었고 그것이 봉사의 연료였습니다. 그들은 "매일의 기도와 성찬례가 없다면 우리는 가난한 이들에게 우리 자신을 줄 뿐 하나님을 주지 못합니다."라고 했습니다.

모든 영적인 길에는 매일의 수행이 있어 그것이 구도자를 자기 영의 운명과 정렬시켜align 주는 것으로 보입니다. 길의 초입에서 구도자는 자기 개선이나 높은 영적 상태 도달을 목표로 삼아 분투하기도 합니다. 그런 뒤 길을 따라가면서 점차 (호킨스 박사가 말한) "영적 에고의 목표 추구"를 포기합니다. 사람들과 함께하는 동안 호킨스 박사는 진정한 현자의 특징인 깊은 자기 항복의 전형을 보여 주었습니다. 그는 이 작은 책 속에 다음과 같이 우리가 따라갈 발자국을 남겼습니다. "깨달음을 얻는 것이 아니라 신의 종이 되는 것이 사람의 목표가 된다. 신의 사랑을 전하는 완벽한 통로가 되는 것이 곧 완전히 항복하는*surrender* 것이다."

저희는 독자가 이 책에 힘입어 매일 다른 어떤 것보다도 평화와 사랑을 선택하기를 기도합니다.

"길은 곧고 좁으니 시간 낭비하지 말라."

— 프랜 그레이스 박사

1월

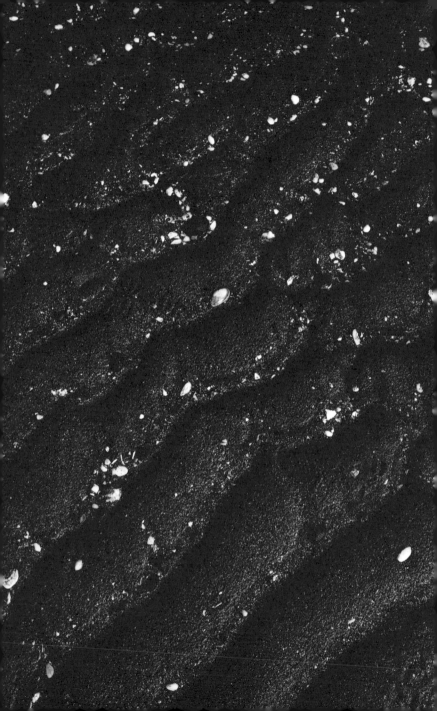

자신을 비판적으로 대하거나
자신이 영적인 길에서 현재 있는 곳보다
'반드시' 더 나아가야 한다고 생각하는 것은
도움이 안 된다.
영적 진화는 불규칙적이어서
어떤 때는 때없이 나아가는가 하면
어떤 때는 멈춰 서 있다.
죄책감은 자기도취적 도락의 일종임을 깨달으라.

현대인의 의식 지도

내면에서 알고 하는 일은 뭐든 어긋나는 법이 없으니
심지어 일이 벌어지기 전에도 그러하다.
올바른 방향으로 나아가고 있을 때는
그 점을 알고 있다는 완벽한 확신이 내면에 있어
자신에게 결과는 이미 명백하다.

성공은 당신 것

1月 3日

에고/마음은 세상을 경험하지 못하고
세상에 대한 자기 나름의 인식perception만 경험한다는 점을
늘 명심하는 것이 좋다.

호모 스피리투스

1月 4日

실재existence는 그 자체가 보상이다.
성과를 거두려고 애쓰기보다는
자신의 잠재력을 실현하는 것이
장기적으로 더 만족스럽다.
그렇기에 사람은 탁월함 자체를 위해
탁월한 실행과 정렬하게 된다.

내 안의 참나를 만나다

1月 5日

전해지는 바에 의하면 붓다는 제자 마하가섭에게
무언중에 깨달음을 전달했다. 이 중대한 역사적 순간에
붓다는 아무 말 없이 마하가섭에게 꽃 한 송이를 건넸고,
그 순간 마하가섭은 깨달음을 얻었다. 깨달음을 얻으려는
어떠한 분투도, 노력도, 수행도, 안간힘도 없었다.
그런 좌뇌적인 것은 전혀 없었다. 이 일은 갑작스러운
'아하'였다. 완전하고 전체적인 '체험'이었다.

성공은 당신 것

1月 6日

모든 '문제'는 정신적 처리 과정의 산물일 뿐
실제로 세상에 존재하는 것이 아니다.

나의 눈

1月 7日

'누구 잘못인지'에 대한 집착을 버리는 것이
곧 삶에서 승리하는 것이다.
적대하는 것보다는
너그럽게 대하는 것이 영향력이 훨씬 크다.
승리하는 것보다는 성공하는 것이 낫다.

진실 대 거짓

1月 8日

인간의 발전은 진화적이고, 따라서
실수하거나 오류에 빠지는 것은 불가피하다.
유일한 진짜 비극은 나이는 더 들되
더 현명해지지는 못하는 것이다.

현대인의 의식 지도

1月 9日

사랑이나 평화, 용서를 일관되게 선택하는 사람은
거울 미로와 같은 에고의 세계를 벗어나게 된다.

호모 스피리투스

1月 10日

연민을 가지면 비난하기보다는
이해하고 싶은 욕구가 생긴다.

나의 눈

1月 11日

용서는 지극히 강력한 주요 영적 도구로, 인간의
실수하거나 오류에 빠지기 쉬운 본성을 겸손하게
받아들이려는 자발성과 결합하면 더욱 강력해진다.
영적인 의도로 자기중심적인 선택을 항복하는 것이
희생하는 것처럼 여겨질 수 있다. 하지만
재맥락화 해 보면 그 안에 선물이 숨어 있음을 알게 된다.

의식 수준을 넘어서

1月 12日

가장 좋은 마음가짐은
거짓에 대한 논쟁을 즐기기보다는
진실에 헌신하는 마음가짐이다. 열린 마음으로
호기심을 가지면 전에는 전혀 접근할 수 없었던,
처음 접할 때는 반감이 생길 수도 있는 정보를
점점 더 발견하게 된다.

진실 대 거짓

˚ (~을/를) 항복하다(surrender): '항복하다'는 원래 타동사로도 쓰인다.
˚˚ 재맥락화(recontextualization): 새로운 맥락이나 다른 맥락에 놓고 검토하는 것을 말한다.

1月 13日

다른 사람 내면의 대단한 점을 알아볼 줄 모르면
자기 내면의 대단한 점도 인정하지 못한다.

성공은 당신 것

1月 14日

어딘가에 도달하려는 영적 야심이 아니라
사랑에 장애가 되는 것들을 점차 항복하려는 것이
영적 추구의 근본적 원동력이라면
나중에 '영적 에고'라 일컫는 것이 생겨나
장애가 되는 일이 없다.

나의 눈

우리가 알아차림awareness 면에서 한 걸음 전진할 때마다
보이지 않는 다수가 혜택을 받고 우리를 뒤따르는
사람들이 밟을 다음 계단이 더욱 다져진다.
모든 친절한 행동은 우주에 인지되어 영원히 보존된다.

나의 눈

두려움은 대개 '행복은 외부 것들로 좌우되기에
취약한 것'이라는 착각에 근거한다는 공통점이 있다.
이런 취약성의 착각을 극복하면 깊은 안도감이 들고
두려움에 지배당하던 상태에서 벗어난다.
또한 삶이 순탄해지면서 두루 만족스러워지고,
끊임없는 조심성 대신 여유롭고
자신 있는 태도를 가지게 된다.

호모 스피리투스

1月 17日

사람은 실제로 매 순간
천국과 지옥 사이에서 선택하고 있다.
이 모든 선택이 누적된 효과가
의식 수준의 측정치를 결정하고
사람의 카르마적 운명과 영적 운명을 결정한다.

호모 스피리투스

1月 18日

분노를 처리해 없애려면 내면의 정직성이 필요하며,
또한 진실성integrity이 없거나
본질이 비현실적인 것을 항복하고 대신에
자신을 신뢰하려는 자발성을 가질 필요가 있다.
분노보다 훨씬 더 영향력 있고 보상을 가져오는
마음가짐은 헌신적이고 이성적이고 겸손하고
감사하고 인내하고 관대한 마음가짐이다.

의식 수준을 넘어서

1月 19日

신에 이르는 길은 그 본성상 쉬운 길이 아니다.
상당한 용기, 불굴의 정신, 자발성, 참을성이 필요한
길이다. 겸손과 무해한 양심으로 강화되는 길이기도 하다.

호모 스피리투스

1月 20日

진정한 성공은 지체 없이 이루어진다.
즉시즉시 보상받으며
성공의 과정 내내 보상받는다.
성공이란 자신이 하는 일 덕분에
기분이 좋은 상태를 말한다.

성공은 당신 것

1月 21日

영적 에고의 발달을 피할 수 있는 길은,
영적 진보는 신의 은총이 가져오는 결과지
자신의 개인적 노력이 가져오는 결과가 아님을
깨닫는 것이다.

나의 눈

1月 22日

영적 진실과 사랑에 끈질기게 헌신하면
영적 진보에 대한 저항이 사라진다.

의식 수준을 넘어서

실상Reality의 자각은 증명하거나 동의받을 필요가 없다.
실상은 취득하는 것이 아니다. 에고의
이원적 사고에서 나오는 입장성*들을 포기할 때
순전히 저절로, 주관적으로 깨닫는 것이다.

진실 대 거짓

영적 진화는 자신의 삶을
기도/관상/명상/간구 및 항복으로 바꾸는 일이다.
사람의 삶이 기도가 된다.
기도는 관상이다.

내 안의 참나를 만나다

---

* 입장성(positionality): 다른 것들과 관련하여 position(입장 혹은 견해)을 가지려는 성질. '입장성'을
'견해'로 바꿔 읽으면 쉽게 이해된다.

지금 이 순간만이 우리가 경험하는 유일한 실상이다.
다른 모든 순간은 추상적 관념이자 정신적 구성 개념이다.
따라서 70년 동안 사는 것은 사실 불가능하다.
정확히 이 찰나의 순간에서만 살아갈 수 있기 때문이다.

나의 눈

성숙한 마음은 자신이 진화 중이며
성장과 발전이 그 자체로 만족스럽고
즐거운 것이라는 사실을 알고 있다.
성숙하다는 것은
사람이 불확실성 앞에서도 여유를 가질 줄 알게 되어
그것을 삶의 타당한 구성 요소로
받아들였음을 의미한다.
불확실성은 발견으로 이어지지만
회의적인 태도는 사람을 어리석게 만든다.

진실 대 거짓

1月 27日

삶에서 신조로 삼을
기본 금언을 정하는 것이 매우 중요하다.
예를 들어 온갖 것으로 나타나 있는 모든 생명을
친절과 호의로 대하겠다고 결심하는 것이다.

의식 수준을 넘어서

1月 28日

일단 모든 두려움 중에서 최악의 것,
즉 죽음이 주는 공포와 충격을 직면하면
그것은 사그라들고 대신 완전한 평온, 평화로움,
일체감, 두려움에 대한 면역력이 들어선다.

놓아 버림

1月 29日

서원commitment은 핵심적 진실 자체에 대해 세우는 것으로,
개종이나 비밀 엄수가 필요하다는 유혹과는
무관한 것이다. 유일하게 필요한 것은,
빠짐 없이 완전하며 스스로 성립하는 진실에 대한
호기심과 끌림뿐이다.

내 안의 참나를 만나다

1月 30日

주관적 측면에서, 진보하는 데 필요한 것은 오직
인내하고 기도하고 현재 진행되는 과정에
믿음을 가지고 저항을 항복하는 것이다.
혼란 상태는 날씨의 변화처럼 과도적인 것이어서
인내하고 있으면 해소되며
다음 단계로 나아가도
해소되어 거기서 초월된다.

내 안의 참나를 만나다

행동은 맥락과 장field, 의도가 합쳐질 때 자동으로 따라오는
귀결이다. 모든 행동은 사실 저절로 일어나며, 행동으로
나타나기에 알맞을 수도 있고 그렇지 않을 수도 있는
카르마적 경향과 주변 여건을 반영한다.
행동을 비인격화하려면 소위 '나'라고 하는
분리되고 독립된 원인 제공자가 존재한다는 믿음을
놓아 버리기만 하면 된다.

내 안의 참나를 만나다

2월

진정으로 후한 인심은 어떤 보상도 기대하지 않는다.
베풂에 어떤 조건도 붙이지 않기 때문이다.

의식 수준을 넘어서

'모든 진실은 주관적이다.'라는 매우 중요한 말을
받아들이는 것으로 시작하라. 여러 생을 허비하며
객관적 진실을 찾지 말라. 그런 것은 존재하지 않는다.
존재한다고 해도 그에 대한 순수히 주관적인
경험을 통하지 않고서는 발견될 수 없다.
모든 지식과 지혜는 주관적이다.
어떤 것이 존재한다고 말할 수 있으려면
먼저 그것이 주관적으로 경험되어야 한다.

나의 눈

감각이 있는 모든 존재는

믿음에 입각해 살아간다는 사실을 받아들이라.

순진하거나 허세를 부리는 반대의 주장에도 불구하고

모든 사람은 오로지 자신의 믿음을 신조로 삼아 살아간다.

무엇을 믿는지가 문제일 뿐이다.

착각이나 환상에 지나지 않는 것을 믿을 수도 있고

지적 능력과 이성, 과학, 진보를 믿을 수도 있고

정치적 세력이나 세속적 권력, 에고의 만족, 쾌락, 부,

('내일'과 같은) 희망을 믿을 수도 있다.

의식 수준을 넘어서

2월 4일

자신의 정체성what one is이라고 생각되는 바를 신에게

항복한다고 해서 '아무것도 아닌 것'이 되지는 않는다.

그와는 정반대로, 자신이 모든 것이라는 발견에 도달한다.

호모 스피리투스

2月 5日

영적 발전은 성취하는 게 아니라
생활 방식으로 삼는 것이다.
영적 발전은 방향을 정하는 일이어서
방향을 정하는 것 자체가 보상을 가져온다.
그러므로 중요한 것은
사람의 동기가 향하는 방향이다.

호모 스피리투스

2月 6日

자발적으로 두려움을 유심히 살펴
그것에서 벗어날 때까지 연구 대상으로 삼으면
즉시 보상을 얻는다.

놓아 버림

2月 7日

영적으로 성숙해짐에 따라 사람은 이번 생이
소중하고 너무나 값진 것이어서
자신이 우월하다는 생각이나
여타 에고를 부풀릴 자만심 강한 착각에
허비할 것이 못 된다는 점을 이해한다.

현대인의 의식 지도

2月 8日

타인의 안녕과 행복에 기여하면 기쁨과 만족을 얻으며
후한 인심이 그 자체로 보상임을 알게 된다.

의식 수준을 넘어서

객관적으로 보면 실제로는 생각들이 세상의 의식에
속한 것임을 알 수 있다. 개인의 마음은 생각을 처리해
새로운 순열과 조합을 만들어 낼 뿐이다.
진정으로 독창적인 생각으로 보이는 것은 천재성이라는
매체를 통해서만 나타나며 그런 생각의 작자들은
예외 없이 그것이 스스로 창작한 것이 아니라
자신에게 발견되거나 주어진 선물이라고 느낀다.
우리가 각자 유일무이하다는 말은 사실일 수도 있다.
어떤 두 개의 눈송이도 서로 똑 닮아 있지는 않으니까.
하지만 우리는 여전히 눈송이들일 뿐이다.

의식 혁명

에고가 취한 입장에 제약받게 될 때
우리가 포기해야 하는 것은 입장 자체가 아니라,
입장에 들러붙어 입장을 통해 에고에 주어지는
감정적 보상이나 감정적 에너지다.

의식 수준을 넘어서

2月 11日

주의 종이 되는 데 진심으로 전념해
어떤 것이 **그분**의 뜻인지 묻는 것으로 충분하다.
답은 자연히 알게 된다.
명확히 표현된 답이 꼭 있어야 하는 것은 아니다.
'영적'이려면 의도의 방향만 정하면 된다.

호모 스피리투스

2月 12日

온갖 미사여구로 꾸며져 있음에도 평화는
우리 사회에서 인기 있는 것이 못 되지만
그저 선택하고 결정하기만 하면
얻을 수 있는 것이기도 하다.
불공평해 보이는 일에 굳이 반응하지 않고
너그러이 눈감아 주겠다고 결정하는 것은
선택만 하면 되는 일이다.

나의 눈

2月 13日

에고의 집요함이 어디서 비롯하는지 점점 더 알게 되면서
나는 나 자신에게 매료되어 있다는 아주 놀랍고 극히
중요한 사실을 깨닫게 된다.

호모 스피리투스

2月 14日

내가 나를 보는 시각대로 세상 사람들도 나를 본다.
자신을 인심 좋고 너그럽고 자애로우며loving
신의 내적 위대함을 느끼는 사람으로 상상하라.
즉시 근력이 크게 세질 것이다.
긍정적인 생명 에너지가 급상승했다는 표시다.

놓아 버림

의식 수준의 큰 도약은
'나는 안다'는 착각을 항복한 뒤에
비로소 일어난다.

의식 혁명

친절이나 배려, 용서, 사랑에서 비롯한 모든 행동은
모든 사람에게 영향을 미친다.

나의 눈

2月 17日

모든 영적 개념은 영적 진실 전체를 담고 있다.
*단 하나의 개념*을 완전하고 철저하게 이해함으로써
모든 개념을 이해하는 것,
이것이 실제the Real를 깨닫게 되는 데 필요한 전부다.

나의 눈

2月 18日

의식의 수준이 높을수록
마음에 품은 일이 현실화될 가능성도 커진다.
따라서 '가장 고귀한 목표에 기여하는'
해결책을 예견하는 것이
단순히 개인의 이기적 욕망과
이익의 실현을 예상하는 것보다 강력하다.

현대인의 의식 지도

2月 19日

내면에서 벌이는 진지한 영적 작업은,
(에고에게는) 지루하고 고된 일이겠지만
본향으로 돌아가길 열망하는 영에게는 신나는 일이다.
의식은 본래 제 근원을 추구한다.

내 안의 참나를 만나다

2月 20日

자기 내면의 고유한 천재성을 인정하기 전까지는
다른 사람 내면의 천재성을 알아보기가 매우 어렵다.
내면에서 깨닫는 것만 외부에서 볼 수 있기 때문이다.

의식 혁명

2月 21日

자신을 완전히 항복하자마자 불가능한 일이
가능해진다. 원래 원하는 마음 자체가 획득을
방해하는 바람에 획득 못할 것 같다는
두려움만 생기는 것이기 때문이다.
욕망의 에너지는 그 본질상 '내가 원하는 바는
청하기만 하면 내 것'이라는 사실을 부인한다.

놓아 버림

2月 22日

의식의 수준을 결정짓는 것은 영적 의지가 하는
선택들이고, 따라서 의식의 수준은 카르마가 가져오는
결과이자 카르마를 결정짓는 요인이다.
자유롭게 진화하려면 영적 사다리 오르내릴 기회를
최대한 제공해 주는 세상이 필요하다.
이런 관점에서 볼 때 이 세상은 이상적이며
그 사회는 매우 다양한 경험을 안겨 줄
선택 사항들로 이루어져 있다.

호모 스피리투스

높은 의식 상태에서는 우주를 다르게 경험한다.
무엇이든 잘 주고 자애롭고 무조건 찬성하는 부모처럼
우주가 이제 내가 원하는 것을 다 갖게 해 주기를 원해서,
청하기만 하면 내 것이 된다.
이런 상태에서는 맥락이 달라진다.
우주에 부여되는 의미가 달라진다.

놓아 버림

좌절을 느끼는 것은
이런저런 욕망을 아주 중요한 것이라고 과장한 결과다.

의식 혁명

한도 끝도 없이 신을 사랑하면
삶의 모든 동기를 항복하려는 자발성이 솟아
신을 완전하게 섬기고자 하는 동기만 남는다.
깨달음을 얻는 것보다는 신의 종이 되는 것이
그 사람의 목표가 된다.
신의 사랑을 전하는 완벽한 통로가 된다는 것은
완전하게 항복하는 것이자
영적 에고 추구를 끝내는 것이다.
환희 자체가 사람으로 하여금
영적 작업을 더 하게 만드는 발단이 된다.

나의 눈

2月 26日

내가 하는 모든 일과 말, 내가 일으키는 모든 움직임이
내면의 자애로움lovingness에서 에너지를 얻는다. 많은
청중 앞에서 이야기할 때든 강아지를 쓰다듬을 때든
쏟아져 나오는 사랑의 에너지를 느낀다.
가슴에 품고 있는 경험적 앎을 나누고 싶어 한다.
그 앎은 만인과 만물을 위해 가슴에 품고 있는 것이기에
만인과 만물 또한 그것을 느끼게 된다. 주위의 모든
사람과 동물이 내면에서 무한한 사랑을 경험하기를
기도한다. 나의 삶이 주변의 모든 것에 축복이 된다.
다른 사람들과 동물들이 내게 선물이라는 점에 감사한다.

놓아 버림

2月 27日

감정은 진실을 가름하는 지표가 아니다.
감정은 개인의 입장성이나 길들여진 상태를
반영하는 것이자 결정하는 것이기 때문이다.

내 안의 참나를 만나다

2月 28日

진실Truth을 알아본다. **진실**의 드러남이 가능하도록
준비되어 온 알아차림의 장에 진실이 스스로 찾아온다.
진실과 깨달음은 획득하거나 성취하는 것이 아니다.
여건이 적절해지면 스스로 찾아오는 상태다.

나의 눈

2月 29日

한 가지 도움 되는 방법은 깨달음 추구를 몰아붙이는
고집스러운 의도 대신 신에 대한 사랑이 내면에 자리하게
하는 것이다. 추구하려는 욕망을 모두 놓아 버리고
신 이외에 다른 것이 존재한다는 생각이 근거 없는
자만심임을 깨달으면 된다. 내가 하는 경험과 생각,
행동의 작자가 나 자신이라는 주장도 동일한 자만심에서
나온다. 잘 생각해 보면 몸과 마음은 모두 우주의
무수한 상태가 가져오는 결과이며 나 자신은 기껏해야
그 일치점을 목격하는 사람일 뿐임을 알 수 있다.

나의 눈

3月 1日

구름이 제거되면 태양이 빛을 발하고
우리는 세상과 우리의 참모습truth이 내내
평화 자체였음을 알게 된다.

놓아 버림

3月 2日

선형적 영역에는 괴로움이 따르기 마련이다.
그래서 동서고금을 막론하고 최고의 **스승**들은
구원이나 깨달음에 이르는 길을
선형적 영역의 괴로움에서 벗어날 수 있는
유일한 해법으로 가르쳤다.

내 안의 참나를 만나다

세상일에 대한 특정 입장에 자신을 결부하려는 유혹에
빠지지 않으려면 내적 절제력을 갖는 한편
세상일에 대한 마음가짐들을 항복할 필요가 있다.

내 안의 참나를 만나다

심지어 자신의 삶을 신에게 넘기겠다고 결정하면
환희가 일며 삶이 완전히 새로운 의미를 띤다.
행복감을 주는 삶이 되고 더욱 큰 맥락 안에서
중요성과 보상이 커진 삶이 된다. 사람은 결국
내면에서든 외부에서든 부정성negativity 지지를
꺼리게 된다. 부정성은 잘못된 것이 아니라
헛된 것이기 때문이다.
신에게 가는 여정은 실패와 의심으로 시작될지라도
앞으로 나아감에 따라 확신에 이른다.
길은 실로 아주 단순하다.

호모 스피리투스

3月 5日

내적 겸손에 현명함까지 겸비한 진실의 추구자는
인간의 정신 자체에 내재한 한계를 진지하게 주목하며,
따라서 외부의 영향을 받기 쉬운 개인적 에고를
더 이상 진실의 유일한 결정권자로 신뢰하지 않는다.

현대인의 의식 지도

3月 6日

우주의 만물은 식별 가능한 패턴의 에너지를
특정 주파수로 끊임없이 방출한다.
이 에너지 패턴은 우주에 영원히 남아 있어
방법을 아는 사람들은 읽을 수 있다.
모든 말, 행위, 의도가 영구적인 기록을 만들어 낸다.
그러므로 모든 생각이 알려져 영원한 기록을 남긴다.
어떤 비밀도 없으니, 어떤 것도 숨어 있을 수 없고 숨길
수도 없다. 만인은 공유 상태로 살아간다. 우리의 영은
모두가 보도록 시간 속에서 벌거벗고 있다.
만인의 삶은 결국 우주에 해명할 책임을 지고 있다.

진실 대 거짓

세상에서 관행적으로 '악'이라 일컫는 행태들을
살펴보면 그중 많은 것이 악이 아니라
추상적 개념이나 별칭이나 꼬리표임을 알게 된다.
우리는 악이 아니라 원초적이거나 유치하거나
자기중심적이거나 자기도취적이거나 이기적이거나
무지하다고 묘사할 수 있는 행태가
증오심을 정당화해 주는 부인, 투영, 편집증 같은
심리 기제에 의해 악화된 것을 보고 있다.

호모 스피리투스

우리가 경험하는 모든 것은
우리가 세상에 투사하는 생각과 감정과 신념이고,
사실 이것들이 우리가 목격하는 사건을 일으킨다.
대다수 사람은 때에 따라 이런저런 온갖 수준의
의식을 경험한 적이 있지만 전반적으로는 주로
한두 가지 수준에서 장기간 기능하는 경향이 있다.
또한 미묘한 형태로 생존에 사로잡혀 있어서
주로 두려움이나 분노를 드러내거나 이익을 향한
욕망을 드러낸다. 이들은 자애로움의 상태가
모든 생존 도구 중에서 가장 강력한 것이라는
사실을 아직 배우지 못했다.

놓아 버림

3月 9日

세상에서 자신의 파워power를 키울 수 있는 길은
진실성을 높이고 이해력을 기르고
연민할 수 있는 역량을 키우는 것뿐이다.

의식 혁명

3月 10日

내가 우주이고 완전하고complete
존재하는 모든 것 All That Is과 하나이며
영원히 끝없이 이러함을 깨달을 때
더 이상 고통은 있을 수 없다.

자전적 기록

3月 11日

장애와 유혹이 거세게 도전할수록
정신력과 결단력과 투지도 발전한다.
끈기와 절제력이 있으면 유혹은 대처하거나
부정해야 하는 충동이라기보다는
단지 거부하면 되는 선택 사항임을 알 수 있다.

내 안의 참나를 만나다

3月 12日

영적인 길에서 앞으로 나아가는 모든 걸음이
모두에게 이로움을 알라.
한 사람의 영적인 전념과 작업은
생명에게 주는 선물이자 인류에 대한 사랑이다.

호모 스피리투스

3月 13日

성숙한 영적 열망자는 행복을 주겠다며 에고가 내놓는
선택 사항과 거짓 약속을 낱낱이 살펴본 사람이다.

호모 스피리투스

3月 14日

의식이 달라지지 않으면 스트레스는 결국 줄지 않는다.
스트레스가 낳는 결과만 개선된다. 사후 약방문식의
기법과 치료법도 모두 실제로 도움은 되며 특정 상태를
가볍게 해 줄 때도 많아 다소 안도감을 주기는 하지만
문제의 바탕은 전혀 바꾸지 못한다. 그래서
그런 기법을 익혀도 스트레스 민감도는 그대로일 수 있다.
경험적으로 볼 때 항복 기제를 의식적으로 사용하는 것이
스트레스성 만성 질환을 다루는 데 더욱 효과적이다.
밑바탕에 깔려 있던 감정적 원인을
항복 기제가 없애 주는 덕분에 병이 저절로 낫기
시작하며 추가 치료도 필요 없어지는 경우가 많다.

놓아 버림

3月 15日

깨달음에 대해 들어만 봤어도 이미 가장 희귀한 선물을
받은 것이다. 깨달음에 대해 한 번이라도 들어 본 사람은
다른 어떤 것에도 결코 만족하지 못한다.

나의 눈

3月 16日

영적 노정을 따라가다 보면 장애와 유혹도 마주치고
의심과 두려움도 만난다. 이런 것을 전형적인 용어로
에고에서 생겨나는 '시험'이라고 부른다.
에고는 통치권의 포기를 달가워하지 않기 때문이다.
이런 것을 극복하는 길은
목표와 서원을 다시 확인하는 것이며
아울러 균형을 잡아 줄 원칙을 굳건히 하는 것이다.
전념, 집념, 일관성, 용기, 확신, 의도 등이
그러한 원칙이다.

내 안의 참나를 만나다

3月 17日

존재하고 있는 *것what is*에 저항하지 않고
내면에서 완전히 항복할 때 평화가 온다.

놓아 버림

3月 18日

깨달음은 손에 넣어야 할 상태가 아니다.
이미 확정된 것이다.
사람이 깨달음에 항복하기만 하면 된다.
큰나Self가 이미 사람의 **실상**이기 때문이다.
큰나가 사람을 영적 정보로 끌어당기고 있다.

의식 수준을 넘어서

3月 19日

에고/마음은 인생 경험에 대한 자기의 인식과 해석이
'실제로 존재하는' 것이고, 따라서 '사실'이라고
추정하고 확신한다. 또한 투영을 통해 다른 사람들도
같은 식으로 보고 생각하고 느낀다고 믿기에,
같은 식이 아니면 그들이 착각했으므로
그들이 틀린 것이라고 믿는다.
이처럼 인식은 실제화와 추정을 통해
자기의 지배력을 강화한다.

의식 수준을 넘어서

3月 20日

신을 알기 위한 정진은 그 본질이 청정한 노력이자
궁극의 열망이다.

내 안의 참나를 만나다

'모든 생명체에게 친절'하겠다는 결정이나
존재하는 모든 것의 신성함을 존중하겠다는 결정은
연민, 용서하려는 자발성, 비판하기보다 이해하려는
마음 같은 미덕들과 함께 영적 진화에 큰 영향을 주는
마음가짐이다. 끊임없이 항복하면 인식이 점차
본질essence을 꿰뚫는 안목으로 바뀐다.

내 안의 참나를 만나다

헌신에 힘입어 내적 진실성과 정렬하면
그로부터 자기 솔직성과 확신이 생기는데,
이는 에고가 고집하는 일시적이고 감정적인
보상의 유혹을 초월하는 데 꼭 필요한 것이다.

내 안의 참나를 만나다

3月 23日

봄을 맞은 듯 신에 대한 인간의 이해에
새 시대가 열릴 징조가 보인다.
이제 인류는 인간에게 죄책감을 안겨 주거나
인간을 증오하는 신을 숭배하는 데서 벗어나
인간에게 사랑을 베푸는 신이 진실임을
알아볼 수 있을 만큼 의식의 수준이 높아졌다.

나의 눈

3月 24日

생명을 지원하는 모든 행위나 결정은
우리 자신의 생명을 포함한 모든 생명을 지원한다.
우리가 일으키는 잔물결이 우리에게 되돌아온다.

진실 대 거짓

3月 25日

어떤 문제가 속하는 의식 수준에서 그 문제를 해결할 수는
없다. 그다음의 위 수준으로 올라가야만 해결할 수 있다.

나의 눈

3月 26日

세상 사람들이 실제로 바라는 일은
가장 높은 수준에서 자신의 참모습을 알아보는 것,
즉 동일한 **큰나**가 모두의 내면에서 빛나
분리감을 아물게 하고 평온함이 솟게 하는 모습을
보는 것이다.

나의 눈

3月 27日

영감에 힘입어 확고한 의도로 전념하면
이전에는 실패했더라도 의외로 성공할 수 있다.
그 덕분에 용감하고 강인해질 수 있는 내적 능력의 존재를
깨달으면 자존감과 자신감이 크게 증대한다.
인생의 많은 고역은 '손에 땀을 쥐어'야만 치를 수 있지만
그 덕분에 사람은 자신감이 커진다.

의식 수준을 넘어서

3月 28日

에고와 그 생존 메커니즘은 모든 형태의 상실과 대립한다.
인간의 삶은 모든 면에서 일시적이어서 어느 일면에
매달리든 결국에는 그로 인해 상실과 비탄을 겪는다.
하지만 각각의 사건은 삶의 근원을 찾아
내면을 들여다볼 기회이기도 하다.
삶의 근원은 늘 존재하며 바뀌지 않는 것이어서
상실을 겪거나 세월에 손상되지 않는다.

의식 수준을 넘어서

3月 29日

완전한 항복의 상태에서는 육체를 거의 인식하지 못한다.
육체를 부차적인 것으로만 알아차릴 뿐
조금도 육체에 사로잡히지 않는다.
주의를 거의 기울이지 않아도
육체가 힘들이지 않고 순조롭게 제구실을 한다.

놓아 버림

3月 30日

장애들을 극복해 나가다가 때로는 영적 과정이
고통스럽게 여겨질 수도 있다. 하지만 영적 과정은
다른 상태로 옮아가는 과정일 뿐이다.
옮아간 뒤 오류들이 다시 나타나면
더 높아진 이해력으로 재맥락화한다.
이런 과정을 단축하고 덜 고통스럽게 만들려면,
우리의 습관적 반응들이 정말로 개인적인 것이 아니라
우리가 인간이라는 사실에 필연적으로 따라오는
유산 같은 것임을 깨달으면 된다.

호모 스피리투스

영적 작업에 전념하는 기본 목적은
에고의 선천적이고 진화적인 한계를 초월하고
그럼으로써 의식 자체의 새로운 능력을 접해
그것을 발달시키는 것으로,
이 능력이 에고/자아self의 모든 한계를 뛰어넘는다.
이후에는 신의 은총으로 **진실**Truth이 나타난다.
신성divinity이 **신성**을 청하는 이들에게
신의 시간에 **자신**을 드러낸다.
영적 진화의 속도가 느린 것 같을 수는 있어도
영적 노력은 결코 헛되지 않다.
중대한 영향을 가져올 커다란 진전이
아주 갑작스럽게 일어날 수 있다.

현대인의 의식 지도

4月 1日

유머는 무심해지는 수단이 되거나
살면서 겪는 일들을 재맥락화하는 수단이 된다.
또한 유머는 마음을 가볍게 하는 방법이자
'세상을 헐렁한 옷처럼 걸치는' 방법이기도 하다.
유머는 인간의 삶 전체에 연민을 가질 수 있게 해 주며
진 빠지는 죽기 살기의 투쟁에 뛰어든 것처럼
삶에 참여하는 대신 삶 속에서 놀기를 선택할 수 있음을
알게 해 준다.

호모 스피리투스

4月 2日

'원하는 바'에 더 적게 지배될수록
자유를 더 크게 체험한다.

의식 수준을 넘어서

4月 3日

영적 헌신은 내면에서 계속되는 라이프 스타일로,
끊임없이 지켜보는 알아차림을 포함하는 것이다.
외부 사건은 일시적인 반면
의식의 내적 특성들은 보다 영속적이다.
내적 작업은 끊임없이 배우는 과정이며
이 과정에서 발견이 이루어지고 통찰이 일어나는 가운데
우리는 기쁨과 만족을 얻는다.

내 안의 참나를 만나다

4月 4日

사랑과 평화가 에고에게 가장 큰 위협임을 잊지 말아야
한다. 에고는 무의식에 숨은 뿌리 깊은 입장성들에 의지해
자기를 방어한다.

호모 스피리투스

4月 5日

위대한 가르침을 접하는 것 자체가
영적 공덕에 따르는 결과다.
나아가 가르침대로 행하면 훨씬 더 이롭다.

나의 눈

4月 6日

내적 평화를 찾은 사람은 더 이상 위협당하거나
지배당할 수 없고 조종되거나 프로그래밍될 수 없다.
이런 상태에서 사람은 세상에서 받는 위협에
전혀 해를 입지 않으니 인생을 통달한 것이다.

놓아 버림

겸손은 마음가짐에 불과한 것이 아니라
사실들에 근거한 실상이기도 하다.
내면의 정직성을 통해 헌신자는
누구든 인간이기만 하면 지니게 되는
한계가 있음을 깨달아야 한다.

의식 수준을 넘어서

'성스러움', 공덕, 선량함, 자격 있음, 죄 없음 같은 것을
놓고 자신과 타인을 비교하지 말라. 그런 것은 모두
인간적인 관념이고 신은 인간적인 관념에 갇혀 있지
않다.

호모 스피리투스

4月 9日

모든 움직임과 활동, 소리, 느낌, 생각의 밑바탕에
있으면서 침묵하는 '알아차림'의 상태가
시간을 넘어선 평화의 차원임을 알게 된다.

놓아 버림

4月 10日

의미는 맥락이 규정하는 것이고 또한 맥락은 동기를
결정짓는다. 그리고 영적 중요성을 가름하는 것은 동기다.
자신의 행위를 사랑의 봉사로 삼아 생명에 바치면
그 행위는 신성하게 되어 자기 본위의 동기로 하던 일에서
사심 없는 선물을 주는 일로 바뀐다. 탁월함을
'가장 높은 기준에 헌신함'으로 정의한다면 모든 행위는
노력의 순수함 자체로 신을 찬미할 기회라고 볼 수 있다.
몸으로 하는 모든 업무와 노동은 우리가 세상에 기여하는
일의 요소들이라고 볼 수 있다. 가장 사소한 업무조차
공공의 이익에 기여하는 것으로 볼 수 있다.
그래서 이런 관점으로 보면 모든 일이 고귀해진다.

나의 눈

신성의 선천적 특성은 자비와 연민이다.
편애는 전혀 기대할 수 없다.
이미 주어져 있는 은총을 받아들일 필요만 있다.

호모 스피리투스

진실을 빠르게 알아내는 길은
진실 자체에 전념하는 것이다.

진실 대 거짓

4月 13日

진정으로 신에 속하는 것은
모두 평화와 조화와 사랑을 가져오며
어떤 형태의 부정성도 없다.
영성에 대한 인식의 수준이 높은 사람은
자신이 할 수 있는 일은
메시지를 전하는 것뿐임을 깨닫게 된다.
진정한 스승은 내면의 진실이기 때문이다.

호모 스피리투스

4月 14日

대인 관계 차원에서 감정을 살펴보면 알게 되는
의식의 법칙이 있다. 우리의 감정과 생각은
항상 다른 사람들에게 영향을 주어
인간관계에 영향을 미친다. 생각이나 감정을
말로 표현하거나 드러내 보였는지는 상관없다.

놓아 버림

4月 15日

평화는 삶의 불가피한 것들에 항복한 결과일 수 있다.
종교적/영적 회의론자도 내면을 들여다보고
생명의 근본적이고 더는 단순화할 수 없는 내적 특성이
알아차림과 의식 그리고 주관성의 바탕임을
관찰할 수 있다.

의식 수준을 넘어서

4月 16日

신성은 인간의 오류와 한계, 약점을 모두 꿰뚫어 보니,
신성의 사랑과 자비, 무한한 지혜, 연민을 신뢰하라.
신은 모두를 용서하니, 신의 사랑을 신앙하고 신뢰하라.
그리하여 심판에 대한 비난과 두려움은 에고로부터
생겨난다는 사실을 이해하라. 태양이 그렇듯이
신의 사랑은 모두에게 똑같이 빛난다. 투영을 통해
의인화한 신을 (질투하고 화내고 파괴하고 편파적이고
편애하고 복수심에 불타고 불안해하고 상처받기 쉽고 인간과
계약을 한다는 둥) 부정적으로 묘사하지 않도록 하라.

나의 눈

내면의 만족이 세속의 이익보다 중요해지고 타인을
통제하려는 욕구나 타인에게 영향을 미치려는 욕구보다
중요해진다. 끌어당김이 밀어붙임을 대체한다.
결국에는 세속적인 삶이나 그런 삶에서 인식되는
가치관에 더 이상 찬성도 반대도 하지 않는다.
내면의 의도는 순수하고 사심이 없다.
그리하여 무언가를 좇거나 배워서 얻는 결과보다는
과정 자체가 가져오는 결과로 진화가 이루어진다.

내 안의 참나를 만나다

높아진 의식 상태는 인간관계에 깊은 영향을 미치는
것이 분명하다. 의식의 법칙 가운데 하나가
유유상종이기 때문이다.

놓아 버림

4月 19日

행복의 진정한 원천이 내면에 있기에
욕망은 충족이 불가능한 것이다.
욕망은 외부 것에 끊임없이 특별함을 투영해
그것을 특별하게 보는 것이고
따라서 환상을 좇는 것이기 때문이다.
욕망 하나가 이뤄지고 채워지면
욕망의 다음 대상으로 관심의 초점이 넘어가고,
이런 대상들이 말 코 앞에 걸린 당근처럼
끊임없이 줄을 잇는다.

호모 스피리투스

4月 20日

창조성과 천재성이 펼쳐지는 과정은
인간 의식에 본래 내재하는 것이다.
모든 인간은 내면에 본질이 똑같은 의식이 있으므로
천재성 또한 모두의 내면에 잠재되어 있다.
천재성은 나타나기에 알맞은 상황이 오기만을 기다린다.

의식 혁명

4月 21日

우리 사회의 목표는 대개 세상에서 성공하는 것인 데 반해
깨달음의 목표는 세상을 초월하는 것이다.

나의 눈

4月 22日

서원을 세워 진실하게 정렬하고 전념하면 용기가 생긴다.
전념할 때의 유용한 특징은 지극히 행복하다는 것으로,
이 행복감이 결국에는 독자적인 힘을 얻어
차분하고도 끈질긴 열정이 된다. 주의 깊은 목격이
중요한 것은 에고의 결함에 대한 알아차림 자체가
결함을 되무르는undo 경향이 있기 때문이다.
항복과 간구 기도를 하면 **신의 뜻**Divine Will에 힘입어
작은 것에서 큰 것으로 옮아가는 일이 쉬워진다.
큰나가 힘들이지 않고 의도를 받쳐 주며
의도에 에너지를 공급하기 때문이다.

의식 수준을 넘어서

4月 23日

우리의 생각과 감정이 미치는 영향을 가리켜
세상의 여러 문헌에서는 "카르마의 법칙"이라고 하거나
"주는 대로 받는다"라고 하거나
"뿌린 대로 거둔다"라고 한다.

놓아 버림

4月 24日

세상과 세상 속 모든 것은 일시적인 것들이다.
따라서 그런 것에 매달리면 괴로움이 생긴다.

내 안의 참나를 만나다

4월 25日

강조하건대,
정말로 신성하며 정말로 신에게 속하는 것이라면
평화와 사랑만 가져온다.

호모 스피리투스

4월 26日

갈등은 관찰자의 마음속에 존재하는 것이지
관찰의 대상 속에 존재하는 것이 아니다.

현대인의 의식 지도

4月 27日

우리의 내면 상태는 알려지고 전해지는 것이라는
사실을 알아차리라. 내가 느끼고 생각하는 바는
주변 사람이 직감하기 마련이다.
말로 표현하지 않아도 마찬가지다.

놓아 버림

4月 28日

사실 가장 혜택받는 사람은 용서하는 자이지
용서받는 자가 아니다.

의식 수준을 넘어서

4月 29日

내면을 관찰함으로써 인격personality은 학습된
반응들로 이뤄진 시스템이기에 외적 인격은
진짜 '나'가 아니라는 사실을 알아낼 수 있다.
진짜 '나'는 그런 인격 뒤에서 그 너머에
있는 것이다. 사람은 인격의 목격자이므로
자신을 인격과 동일시해야 할 이유가 전혀 없다.

나의 눈

4月 30日

사랑은 **실상**과 만나는 최전선이며
또한 영의 일체성이자 본질이다.
사랑을 거부하는 것은 곧
신을 거부하는 것이다.

나의 눈

항복을 통해 칼 융이 말한 원형*으로부터 받는
영향에서 해방될 수 있다. 원형은 분명 신념과 감정이
모인 것이고 따라서 다른 신념이나 감정과 마찬가지로
일종의 프로그램이다. 프로그래밍된 신념과 감정을
놓아 버리기 위해 항복 기제를 사용하는 사람은
원형의 패턴들을 선택하거나 선택하지 않을 힘이 있어
그런 패턴에 무의식적으로 휘둘리지 않는다.

놓아 버림

---

* 원형(archetype): 타고난 심리적 행동 유형으로서 본능과 연결되어 있으며 활성화될 경우 행동과
정서로 나타난다.

비이원성의 실상에는 특권도 없고 이익과 손실도 없고
지위도 없다. 코르크 마개가 바닷속을 오르내리듯
각각의 영이 의식의 바닷속에서 올라가거나 내려가서
제 나름의 수준에 이르는 것은 자신의 선택 덕분이지
외부의 힘이나 편애 덕분이 아니다.
어떤 영들은 빛에 끌리고 어떤 영들은 어둠을 좇지만
이 모든 일이 나름의 본성에 따라 일어나는 것은
신성한 자유와 평등 덕분이다.

나의 눈

삶을 영적으로 바꾸려면 자신의 동기만 바꾸면 된다.
자신의 실제 동기를 끊임없이 알아차리면
입장성이 드러나거나 '이익 대 봉사'나
'사랑 대 탐욕' 같은 대립쌍이 드러나기 쉽다.
그런 다음 이런 것이 완연해지면
영적 작업의 대상으로 삼을 수 있다.
이제는 그것들이 의식되기 때문이다.

호모 스피리투스

5月 4日

진실을 알아보는 능력은
인간의 의식 속에 있는 잠재력이며,
진실을 지향하는 모든 사람의 의식은 연합된 의도로
장 전체를 강화한다. 어떤 직관적인 수준에서 만인은
진실은 생명을 존속시키고 거짓은 죽음을 가져온다는
사실을 알고 있다.

진실 대 거짓

5月 5日

에고는 영리하다.
에고는 개인적 자부심을 영적 자부심으로 대체한다.
에고는 위축되지 않고 계속 전진한다.
에고는 영적 이해를 개인의 공으로 돌리고
이해 능력 자체가 신이 준 영적 선물임을 깨닫지 못한다.

호모 스피리투스

영적으로 진화한 자애로운 사람들은 마치 이미 천사
같아서 어떤 부정성도 없을 것이라는 공동 환상이 있다.
이런 환상에 젖은 사람은 자신에게 아직도 부정적 감정이
있다고 짜증을 내고는 죄책감과 자기 불만에 휩싸여
상태가 악화된다. 이런 사람들은 감정은 일시적이지만
진화하려는 자신의 의도에는 변함이 없다는 사실을
깨달아야 한다.

놓아 버림

환희는 외부 원천에서 생겨나는 것이 아니라
매 순간의 실재 속에서 생겨나는 것이다.

의식 수준을 넘어서

˚ 공동 환상: 인간이 개체로서가 아니라 어떤 공동성을 가지고 세계와 관계를 맺을 때 관념이
존재하는 방식. 국가, 법률, 종교, 예술 등 인류의 문화로 불리는 것이 해당된다.

5月 8日

사랑이 한계를 갖는 것은 이런저런 특성과 차이가
인식되는 것과 관련 있다. 정직하게 자기 성찰을 하면
그런 한계가 느껴지는 영역이 드러나는데 대개는
의견이 남아 있거나 이전 경험에서 영향받는 경우다.
사랑을 무조건적으로 만들어 줄 열쇠는
용서하려는 자발성이다. 이 자발성으로
과거의 의구심이나 경험을 되무르거나 사람들을
사랑받을 만하지 못하다고 여기던 생각을 되무른다.

의식 수준을 넘어서

5月 9日

영적 진보는 자유의지와 선택의 문제인 받아들임에
바탕하므로 모든 사람은 자기 나름으로 신댁히는
세상만 경험한다. 따라서 우주에 피해자는 있을 수
없고 모든 뜻밖의 사건은 내면의 선택과 결정이
점차 외부로 펼쳐지는 것일 뿐이다.

나의 눈

애착attachment의 과정이 상실의 괴로움을 일으킨다.
애착의 대상이 무엇인지는 상관없다.
내면의 것이나 외부의 것일 수도 있고
물건이나 인간관계, 자신이 속한 사회의 질,
육체적 생명의 여러 측면일 수도 있다.
에고는 가치관과 신념 체계, 프로그램들로 이루어진
자신의 정교한 네트워크를 통해 영속한다.
이에 따라 과장되거나 미화되고 상세히 서술되며
에너지가 커지는 욕구들이 생기는데
이런 욕구가 때로는 고착fixation의 수준에 이른다.

의식 수준을 넘어서

자신의 결함을 부인하지 않고 받아들일 때 얻는 이로움은
내면에서 자기 솔직성, 안도감, 높은 자존감의
느낌은 커지고 방어적인 태도는 크게 줄어드는 것이다.
자신에게 솔직한 사람은 남에게 툭하면 감정을
다치는 일이 없다. 따라서 정직하게 성찰하면
실제의 감정상 고통은 물론 잠재적인 감정상 고통까지
줄이는 이로움을 즉각 얻는다.

진실 대 거짓

어떤 상황에 항복할 것을 거의 강요받다시피 하면서

이런 상황은 카르마 때문이 아닐까 하고

짐작할 때가 있다. 영적 조사를 해 보면

그런 상황이 정말로 카르마 때문임을 알게 된다.

이를테면 많은 사람에게 못되게 굴었던

카르마를 갚는 중이다! 그래서 이제

내게 못되게 구는 사람들이 있다는 것이

어떤 느낌인지 알 기회를 얻는다.

때로는 남아 있는 타당한 조치가

카르마적 패턴에 항복하는 것뿐일 수도 있다.

이 조치를 위해 카르마를 종교 교리로 믿을 필요는 없다.

사람 사이 상호작용의 기본 법칙은

"주는 대로 받는 법이다"인데

내가 과거 생에서 늘 성자 같지는 못해

지금 상황에 이른 것이라고 받아들이기만 하면 된다!

놓아 버림

내 나름의 개인적 기준과 도덕률, 행동 규범,

나아가 현실 해석까지도

다른 사람들이 '반드시' 받아들여

그에 따라 살아야 한다고 믿는 것은

비현실적인 일일 뿐만 아니라

결국에는 해로운 일이다.

(모든 국가가 민주 국가여야 '마땅하다'는

미국의 순진한 견해 같은) 도덕주의의 투영은

항상 '반드시'로 나타나서는

흔히 울분과 증오, 원한, 심지어 보복을 가져오며

물론 전쟁도 일으킨다. 사람은

성급히 비판하는 습성judgmentalism의 유혹을

자진해서 물리칠 수 있으며,

물리치면 내면에 크나큰 평화가 깃든다.

현대인의 의식 지도

갈등에서 벗어나는 길은
부정적인 것을 제거하려고 애쓰는 것이 아니라
긍정적인 것을 선택하여 받아들이는 것이다.
내 인생의 사명은 판단하는 것이 아니라
이해하는 것이라고 여기면
도덕적 딜레마들이 자동으로 해결된다.

나의 눈

5月 15日

무조건적인 사랑은 생명과 더불어 존재하는
태도의 하나로, 생명을 양육하고 지원하는 태도이며
태도의 본성 자체가 너그럽다.

치유와 회복

5月 16日

인간의 삶에서는
영적으로 진화할 기회가 최대한 제공된다.
하지만 인간의 인식은 개인적 갈등뿐만 아니라
사회적/정치적/관념적 갈등까지
평화와 행복을 가로막는 걸림돌로 본다.
이와는 대조적으로 영적 **큰나**는
똑같은 세상에서 완벽함을 본다.

현대인의 의식 지도

5月 17日

부정성과 이기심을 놓아 버리고, 상대를 배려해
함께 있는 즐거움이 커지고, 자존감이 높아지면
관계를 보는 관점이 달라진다. 자애롭게 대할 수 있는
역량이 빠르게 커진다. 많은 경우 성적 문란 상태는
무의식적인 두려움을 이겨 내고 안도감을 얻으려는
시도다. 이런 상태를 모두 놓아 버리고
더 성숙한 관계로 대체할 수 있다.

놓아 버림

5月 18日

신에게 완전히 항복하면 진실이 베일을 벗는다.
모든 것이 드러난다. 에고만 눈이 멀어 보지 못할 뿐
실상은 마음 바로 너머에 있다. 아무것도 아니게 된다는
두려움 때문에 의식은 자기의 유일한 실상을 부인한다.
의식이 모든 것이라는 실상,
의식이 실재 자체가 생겨나는 무한하고 영원한
전체성Allness이라는 실상을 부인한다.

나의 눈

5月 19日

세상에 헌신하는 것에서 신과 영에게 헌신하는 것으로
바뀌기만 하면 된다.

내 안의 참나를 만나다

5月 20日

신이 '재판관'이라는 묘사는 에고의 망상임을 깨달으라.
어린 시절에 벌 받으며 생긴 죄책감을
투영하여 떠올리는 망상이다.
신은 부모가 아니라는 사실을 깨달으라.

호모 스피리투스

지금 이 순간을 경험하며 경험 통제하려 들기를
놓아 버리면, 이 순간이 음악의 음색인 것처럼
끊임없이 그것을 항복하면, 그 정확히 똑같은
한결같음alwaysness의 정점에서 산다.
음악의 한 음처럼 경험이 생겨난다.
음을 듣는 순간 음은 이미 지나가 버린다.
음을 들은 순간 음은 이미 사라져 버린다.
이렇게 매 순간이 생겨나고 사라진다.
다음 순간 예상하기, 이 순간 통제하려 들기,
방금 지나간 순간 붙잡으려 들기를 놓아 버리라.
방금 일어난 일에 매달리기를 놓아 버리라.
막 일어날 듯한 일 통제하려 들기를 놓아 버리라.
그러면 비시간성non-time과 비사건성non-event의
무한한 공간에서 산다. 이루 말할 수 없이
무한히 평화롭다. 이제 당신은 집에 있다.

놓아 버림

영적 작업을 진지하게 할 준비가 되어 있음을
가리키는 전형적 용어는 '무르익음'이다.
이 시점에서는 심지어 하나의 단어나
구절이나 이름만 들어도
돌연 결심과 서원이 설 수 있다.
따라서 영적 전념이 나타나는 과정이
미묘하고 완만하게 점진적으로 진행되다가
아주 갑작스럽게 크게 도약하는 것이 될 수도 있다.
어떤 과정을 통해서든 일단 씨앗이 준비된 땅에
떨어지기만 하면 본격적으로 여행이 시작된다.
흔히 예기치 못하게 번뜩인 통찰의 빛이
전환의 방아쇠를 당길 수 있고,
그러면 그 순간 이후로 삶이 바뀐다.

내 안의 참나를 만나다

큰나는 우리 내면의 할머니와 같아서
우리가 우산 챙기거나 요금 내는 일을
잊지 않도록 보살펴 준다.
신은 불길한 것이 아니라 자애로운 것이니
신에 대한 두려움은 상상의 산물일 뿐이다.

호모 스피리투스

어느 한도 내에서 우리는
자신이 되어 있는 바what we have become의 반영물을
경험하는 경향이 있다.

의식 수준을 넘어서

5月 25日

괴로운 감정을 처리해 없애는 동안 도움이 될
힘을 얻으려면, 전 인류와 동질감을 느끼는 한편
인간인 상태being human라는 현상과 에고의 진화에
본래 괴로움이 두루 배어 있다는 사실을 깨닫는다.

의식 수준을 넘어서

5月 26日

사실 우리는 에고 덕분에 존재하고 생존하는 것이 아니라
에고에도 불구하고 존재하고 생존한다.

진실 대 거짓

5月 27日

우리는 자신이 말하고 행하는 바가 아니라
자신이 되어 있는 바에 따른 결과로 세상을 바꾼다.
그러므로 모든 영적 열망자는 세상에 기여한다.

나의 눈

5月 28日

우리는 자신의 존중받을 점과 타인의 존중받을 점에
경의를 표한다. 나아가 사람은 자신과 타인이
인간이라는 사실 자체humanity에 경의를 표하고,
결국 **신의 뜻**을 감수해 온갖 것으로 나타나 있는
모든 생명에게 경의를 표한다. 에고가 항복함에 따라
영은 실재의 신성함을 알아차리게 된다.

현대인의 의식 지도

5月 29日

삶은 저절로 펼쳐지고 논평을 필요로 하지 않는다.
목격한 바에 대해 자신의 의견을 밝히는 습관을
자진해서 신에게 항복할 필요가 있다.

호모 스피리투스

5月 30日

진실이나 깨달음은 알아내거나 좇거나 익히거나 얻거나
가지거나 할 어떤 것이 아니라는 점을 기억하면
도움이 된다. 무한한 **존재**Presence는 늘 존재하니
그 존재를 깨닫는 일은 깨닫지 못하게 만드는
걸림돌들이 치워지면 저절로 일어난다.
따라서 진실을 연구할 필요는 없다. 오류인 것을
놓아 버릴 필요만 있다. 구름을 걷어 내는 것은
해가 빛을 발하게 만드는 일이 아니라
단지 내내 가려져 있던 것을 드러내는 일이다.

나의 눈

심판과 비판을 포기하면 평화로이 안도하게 된다.
심판과 비판은 끊임없는 무의식적 죄책감과 함께
보복의 두려움까지 일으키기 때문이다.

호모 스피리투스

맥락이 되는 침묵의 장 전반을 알아차리는 일은
관상적 생활 방식을 택하면 쉬워진다. 이 방식은
세부 사항에서 '큰 그림' 내지 전체적 상황으로
관심을 옮기는 것에 비유할 수 있다. 구체적으로
파고드는 대신 분위기의 전반적 특징을 잡아내
생각하거나 분석하지 않고 대강을 직감하는 방식이다.
에고/마음이 하는 저항은 자기가 뭔가를 '놓칠'지도
모른다고 걱정하는 것이다.
왜냐면 세상의 매력이자 유혹은 형상인데
에고는 형상의 내용에 담긴 세부 사항을
처리하는 데 중독되어 있기 때문이다. '세상과
절연한다'는 것은 세상에 에너지 쏟기를 멈추고
구체 내역에 유의해야 하는 활동을 사양함으로써
자아의 오락거리에 빠지기보다는
큰나에 거하는 것을 말한다.

내 안의 참나를 만나다

아주 높은 상태에서 사람은 단 한순간에 삶의 방향성은
물론 목표와 가치관까지 완전히 바뀔 수 있다.
있었던 그 사람은 더 이상 없고
이 경험을 통해 새로운 사람이 태어난다고 할 수 있다.
전념 중인 영적 길에서
어렵게 진전의 순간을 맞을 때마다 줄곧,
바로 이 메커니즘으로 영적 진화가 이루어진다.

의식 혁명

영적 진화는 걸림돌을 없앤 결과로 일어나는 것이지
어떤 새로운 것을 실제로 익힌 결과로 일어나는 것이
아니다. 헌신하면 마음이 부리는 허세와
소중히 여기던 환상을 항복할 수 있게 되고,
그러면 마음은 점차 자유로워져
진실의 빛에 더 열려 있게 된다.

나의 눈

6月 4日

죄책감에 젖어 있는 것은 에고를 먹여 살리는 일이자
일종의 도락에 빠지는 것이다. 그러므로 죄책감을
항복하고자 하는 자발성이 있어야 한다.

의식 수준을 넘어서

6月 5日

자신의 생존을 자기 외부의 어떤 것에 맡기면
무력하고 나약한 상태나 피해의식에 빠지게 된다.
자신이 지닌 파워의 원천을 자기 외부의 것에 투영하고
자신에게는 파워가 없다고 여기기 때문이다.

치유와 회복

영적 알아차림이 향상됨에 따라
영적 에너지의 흐름이 증가하면
전에는 극복하지 못할 것 같았던
장애들을 초월할 수 있게 된다.
세상과 감정들이 갖는 매력이 줄면서
이런저런 사물이나 외견상 이익보다는 아름다움,
사랑스러움, 평화 같은 특성에 점점 더 끌린다.
용서가 버릇처럼 갖는 마음가짐이 되니
모든 창조물의 타고난 무구함innocence이 빛을 낸다.
위대한 성현과 스승들의 가르침이 자기 것이 되어
내면에서 나온다.

내 안의 참나를 만나다

6月 7日

모든 것을 망라하는 무조건적 연민이 전 인류의 치유를
가져온다.

호모 스피리투스

6月 8日

우리의 세상 경험과 인생 경험은 전적으로
내면의 신념 체계와 입장성이 가져오는 결과다.
신을 사랑하고 공경하면 모든 섣부른 판단을
항복하고자 하는 자발성이 생기고 뒤따라 생기는
겸손이 장려한 실상으로 들어가는 문을 열어 주는데
그 실상은 **큰나**가 드러난 것이다.
이런 알아차림을 끌어내는 마법의 촉매는 사랑이다.
그리하여 마침내는 믿음이 확실성으로 대체된다.
이렇기에 신은 신을 찾는 사람들이 찾아낸다고 말한다.

나의 눈

물질과 에너지가 그렇듯이
생명은 파괴될 수 없고 형태만 바뀔 수 있다.
따라서 죽음이란 사실 몸을 떠나는 일일 뿐이다.
몸을 떠나도 정체성 감각은 끊기지 않는다.
'나me' 상태(자아)는 변함이 없어서 몸이 끝을 맞이해
몸에서 떨어져 나온 뒤에도 계속된다. 말하자면
계속해서 천국이나 기타 영역으로 옮겨가거나
환생을 선택하는 '누군가'가 반드시 존재한다.

현대인의 의식 지도

6월 10日

내면의 목표를 실현하는 방향으로 욕망의 에너지를
돌리지 못하면 불만과 울분이 일어난다.

치유와 회복

6月 11日

'최고선˚에 기여할' 가장 좋은 방법은
그 관찰자의 지배적 의식 수준에 부합하기 마련이다.
만인을 위한 단 하나의 답은 없다.

내 안의 참나를 만나다

6月 12日

생명 자체는 어떤 의견도 갖고 있지 않다.
그냥 존재할 뿐이다.
생명은 고유의 반응이나 저항 없이
한 형태에서 다른 형태로 힘들이지 않고 빠르게 바뀐다.
형태가 바뀌어도 그에 대한 반응을 나타내지도 않는다.
생명은 빛이 그렇듯이 본래 형태가 없고
선호나 저항이나 반응에서 벗어나 있다.

호모 스피리투스

˚ 최고선 또는 지고선(the highest good): 인간의 행위가 목표할 최고의 목적과 이상이 되며 행위의
근본 기준이 되는 선을 말한다.

삶을 영적 의도와 정렬하면 삶의 의미와 중요성이
확장된다. 에고/몸/마음의 수명은 제한되어 있고
한시적인 데 반해 영의 생명은 영원하니
영의 중요성이 에고 만족이라는 일시적 이익을
보잘것없게 만든다. 그런 뒤에는 정렬하고
서원하고 동의함으로써 중요성이 덜한 것을
중요성이 더한 것에 항복한다. 이는 자유롭게 선택하는
것이지 강요받는 것이 아니기 때문에 저항이 덜하게 된다.

현대인의 의식 지도

6월 14일

마음이 수다를 멈추면
사람은 자신이 곧 삶임을 알아차린다.
삶에 대해 수다를 떨며 삶의 수면 위에 있는 대신
삶 속에 잠긴다. 역설적이게도
이렇게 되면 삶에 완전하게 참여할 수 있다.
자기중심적인 상태가 약해지고 나면 사람은
환희로운 자유와 흐르는 삶 자체에 휩쓸려
완전히 항복하기에 이른다.
그러고는 삶에 반응하기를 멈추니
삶이 평온하게 향유될 수 있다.

호모 스피리투스

6월 15일

'완벽하지 않음'은 마음속 생각에만 존재한다.
있는 그대로의 세계에는 존재하지 않는다.

나의 눈

우리가 질문을 던질 수 있는 것은
그 답이 이미 잠재하고 있기 때문이다.

의식 혁명

다른 사람에게 자애로워지면
어느새 자신이 사랑과 자애로움에 에워싸인다.
이익을 기대하지 않고 무조건 생명을 지원하면
생명은 그 보답으로 우리를 지원한다.
이익을 동기로 삼지 않고 포기할 때마다
생명은 뜻밖에도 후하게 반응한다.
그리고 이와 같이 인식할 때,
전념 중인 영적 열망자 모두의 삶에
기적적인 일이 나타나기 시작한다.

호모 스피리투스

6月 18日

사람이 어떤 것에 자신이 무력함을 시인할 때
근육 테스트를 해 보면, 근력이 약해지지 않고
오히려 갑자기 강해진다.

치유와 회복

6月 19日

의식이 없으면 '알지' 못하거나 심지어
'아는지 모르는지를 알지' 못할 것이므로
의식은 실재의 내용과는 상관없이
실재에 대해 알아낼 수 있는 알아차림이다.
따라서 의식 자체는 명백한 실상으로 받아들일
수 있는 것으로, (붓다가 권고했듯이) 신에게서
생겨난다는 설명은 덧붙이지 않아도 되는 것이다.
'있'다는 것과 달리 자기가 '있'음을 안다는 것은
보다 초월적인 특성을 명백히 필요로 한다.

의식 수준을 넘어서

6月 20日

나는 나에 대해 아무것도 정말로 알지는 못한다는 말은
사실적이다. 마음에는 고작해야 이것저것에서
받은 느낌과 이런저런 짐작만 있기 때문이다.
삶은 지나온 삶을 돌이켜 볼 때만 '말이 된다.'

의식 수준을 넘어서

6月 21日

기본적 영적 금언 하나를 골라 그에 따라 삶을 꾸려
나갈 때 자리잡히는 마음가짐 세트set가 있는데,
이것이 현실의 인식을 바꾼다.
선형적 신념 체계 세트라기보다는
입장을 정하거나 삶에 공감하는 방식이다.
이 마음가짐들은 단정해 버리는 인식보다는
미리 결론짓지 않는 분별력으로 일반화되기 쉽다.

의식 수준을 넘어서

6月 22日

닫힌 마음의 문제는 그것이 본래
자부심에 차 있다는 점이다.

진실 대 거짓

6月 23日

내가 내 행복의 원천이며
파워도 나의 내면에 있다는 사실을
부인하지 않고 시인하는 것에서
의식의 대변신이 시작된다.

치유와 회복

6月 24日

더욱 또렷이 의식하는 것은 누구나 세상에
줄 수 있는 가장 큰 선물이다. 게다가 이 선물은
우리가 일으킨 잔물결이 우리에게 돌아오듯
제 근원으로 돌아온다.

의식 혁명

6月 25日

자기가 뭐든지 알고 있다는 마음의 환상을 꿰뚫어
보아야 한다. 이렇게 하는 것을 '겸손'이라 부르는데
겸손의 가치는 닫혀 있던 마음의 문을 열어
사람이 깨닫고 밝혀내고 직감할 수 있게 해 주는 것이다.

호모 스피리투스

6月 26日

외관은 본질이 아니고 인식은 실상이 아니며
표지는 책이 아니다. 그럴듯한 오류가 꽤 흔한데,
이는 불쾌하더라도 고려하고 인정해야 할 사실이다.
모든 사람은 세상을 보는 자기 나름의 개인적 견해가
세상의 현실이자 사실이자 진실이라고 남몰래 믿고 있다.

진실 대 거짓

6月 27日

사랑으로서 존재하는 신이 도처에서 자신을 드러낸다.
입장성을 항복하면 인식이 이원성을 잃기 때문이다.
그러므로 사랑은 선형적 영역과 비선형적 영역 사이의
출입구다. 신의 발견에 이르는 호화로운 대로다.

호모 스피리투스

6月 28日

신성은 자신의 것을 알고 있다. 그래서 이 사실을
인정하는 사람은 환희를 느낀다. 사실을 알고도 환희를
느끼지 못한다면 그에 저항하고 있는 것이다.

의식 수준을 넘어서

6月 29日

문: 세상을 어떤 곳으로 추정하는 것이 영적 학인/헌신자/
구도자에게 가장 보탬이 될까?
답: 세상이 존재하는 실제 '목적'은 더할 나위 없이
좋은 것이지만 신만이 완전하게 안다고 추정하라.
세상은 대체로 어느 쪽에도 치우치지 않는
중립적인 곳이지만 영적 성장과 의식 진화를 위한
최적의 기회를 제공하는 이점이 있는 곳이라고 보라.
세상은 깨달음을 얻고 **신성**의 드러남을 얻기 위한 학교로,
이 학교에서 의식/알아차림이 그 근원을 향해
다시 깨어난다. 그러므로 깨달음 추구 자체가
세상과 신에 대한 봉사다.

내 안의 참나를 만나다

에너지 장들은 너무 강력해서 우리의 인식을 지배한다.
우리는 대문 밖을 내다보듯 에너지 장을 통해
세상을 본다. 흔히 말하듯 이 세상은 사실
거울로 둘러싸인 곳에 지나지 않으며,
우리가 경험하는 모든 것은 인식과 경험으로서
우리에게 되비추어지는 우리 자신의 에너지 장이다.

치유와 회복

7月 1日

문: 어떤 특성이 있으면 이해와 변형을 촉진할까?
답: 전념, 헌신, 믿음, 기도, 항복, 영감이다.
*장벽을 포기하면 **진실**은 저절로 드러난다.*

호모 스피리투스

7月 2日

에고를 벗어나 있는 환희와 행복의 근원이
존재한다는 사실을 깨닫는 것은 중요한 단계다.
그런 뒤에는 영적 목표에 도달하는 방법에
호기심과 관심이 생긴다. 신념도 생기는데,
이것이 우선은 믿음을 통해 강화되고
결국은 경험을 통해 강화된다. 그런 다음
가르침과 정보를 습득하기도 하고
배운 바를 실천하기도 한다. 청원invitation을 하면
영적 에너지가 커진다. 그런 뒤에는 전념하여
자발적으로 모든 장애를 항복한다.

호모 스피리투스

7月 3日

세상에서 잡초라고 무시하는 것의 아름다움은
꽃의 아름다움과 대등하다. 만물이라는 살아 있는
조각품들은 분류와 무관하게 디자인이 대등하며
질이나 가치가 모두 같도록 구현되어 있다.
모두가 **신성**이 창조물로 나타난 것이다.
따라서 모두 대등하게 성스럽고 신성하다.

의식 수준을 넘어서

7月 4日

인간의 평소 체험에는 신의 사랑이 존재한다는 데서
오는 환희에 비교할 만한 것이 전혀 없다.
이 사랑의 존재를 깨닫기 위한 희생이나 노력은
아무리 커도 지나치지 않다.

나의 눈

진정으로 성공한 사람들은 거만하게 행동할 의향이
전혀 없다. 자신이 남보다 잘난 것이 아니라
운이 더 좋을 뿐이라고 여기기 때문이다.
이들은 자기 직무가 *관리*stewardship라고 생각한다.
관리란 모든 사람의 최대 이익을 위해
자신의 영향력을 행사하는 책무를 말한다.

의식 혁명

나의 에너지 장이 내가 보는 모든 것에 색을 입힌다.

치유와 회복

7月 7日

영적 실상은 세상이 제공할 수 있는 것보다
한결 큰 희열과 만족을 주는 원천이다.
이 즐거움은 끝이 없고 미래가 아닌 현재에서
언제나 얻을 수 있다. 사실 더 흥미진진하기도 하다.
지나간 과거인 파도 뒷면이나 닥쳐올 미래인 파도 앞면이
아니라 지금 이 순간인 파도의 꼭대기에서 사는 법을
배우기 때문이다. 과거에 포로로 잡혀 있거나
미래에 기대를 거는 것보다는 흥미진진한
이 순간의 칼날 위에서 사는 것이 한결 자유롭다.

호모 스피리투스

7月 8日

이미 특정 수준에 있는 모든 사람은 답이 '있음'을 안다.
그런 뒤에 에고가 꼬치꼬치 뜻을 따지긴 하지만
큰나는 그러한 술책에 속지 않는다.
모든 잘못된 식별identification을 즉시 멈추려면
모든 정신 활동을 기꺼이 신에게 항복하면 된다.

내 안의 참나를 만나다

150

에고는 고통이나 온갖 부정직한 수준인
자부심, 분노, 욕망, 죄책감, 수치심, 비탄에서
음침한 즐거움과 만족감을 얻는다.
고통의 은밀한 즐거움은 중독성이 있다.
많은 사람이 이 즐거움에 평생을 바치고
남도 부추겨 자기 뒤를 따르게 한다.
이러한 기제를 멈추려면
고통의 보상으로 얻는 즐거움을 식별해서
기꺼이 신에게 항복해야 한다.
수치심 때문에 에고는 자기의 책략들,
그중에서도 남몰래 '피해자' 게임 하기를
의식적으로 알아차리지 못하게 한다.

호모 스피리투스

이 서로 연결된 우주에서는
우리가 자신의 사적 세상에서 향상할 때마다
만인의 세상 전체가 향상한다.
우리 모두가 떠 있는 의식의 바다는
깊이가 인류의 집단적 의식 수준과 같기에
우리가 보태는 증가분은 전부 우리에게 되돌아온다.
모두가 생명에 이롭게 하려는 자신의 수고로
공동의 부력을 높인다.
우리가 생명에 기여하기 위해 하는 일이
자동으로 우리 모두에게 이로운 이유는
생명이라는 것에 우리 모두가 포함되어 있기 때문이다.
우리는 곧 생명이다. "너에게 좋은 것은 나에게도 좋다."는
것은 과학적인 사실이다.

의식 혁명

내적 정직성을 서원하면,
에고의 여러 반응을 유지시키는 버팀목은
에고가 그런 반응에서 얻는 즐거움이란 사실이
점차 분명해진다. 자기 연민, 분노, 격노, 증오,
자부심, 죄책감, 두려움 등이 가져오는 보상인
내면의 만족감이 그것이다. 병적인 얘기 같겠지만,
이 내면의 즐거움이 그 모든 감정에
에너지를 공급해서 그것들을 증식한다.
그런 감정의 영향력을 되무르기 위해 필요한 것은
그저 내면의 그 수상쩍고 은밀한 즐거움을 포기해
신에게 항복하고 환희와 행복만을 신에게 바라는
것이다.

호모 스피리투스

수치심을 되무르려면 그것이 자부심에 바탕하고 있음을
깨닫는 것이 좋다. 지위를 잃는 일은 에고가 자존감의
버팀목으로 자부심에 의존하는 만큼만 괴롭다.
자기도취적 자부심이 없다면 실수하거나 부정적 피드백
받는 것을 유감스러운 일 정도로 느낄 것이고
인간 본연의 유약함과 실수 가능성 때문인 것으로
여길 것이다. 실수는 겸손을 유지하는 데 도움된다.

호모 스피리투스

항복은 현 순간에 저항하거나 집착하는 대신
계속해서 신에게 넘기는 끊임없는 과정이다.
따라서 주의를 집중할 곳은 놓아 버림의 과정이지
항복되고 있는 '어떤 것'의 내용이 아니다.

호모 스피리투스

7月 14日

「의식의 지도」의 목적은 세상을 둘러보고 경험할 때
이해의 맥락이 되어 줄 것을 만들어 내고 그것이
자동으로 열리는 완전히 새로운 길을
제시하는지 확인하는 것이다.

치유와 회복

7月 15日

이성과 자제력을 동원하면 무언가 이룰 수 있는 데 반해
분노는 사실 그 자체로는 세상에서 아무것도
이루지 못하는 주관적 감정에 지나지 않는다.
분노는 에고가 용기 대신 동원하는 것인데
용기는 사실 결연하거나 단호하거나
헌신적이기만 하면 되는 것이다.

의식 수준을 넘어서

영적으로 진화하고자 최대한 노력하는 것은
사람이 사회에 줄 수 있는 가장 큰 선물이다.
이런 노력은 파워 자체의 본성 덕분에
전 인류의 내면을 향상시킨다. 파워는 계속
방출되고 공유되지만 포스force는 제한되어 있고
문제를 악화시키고 오래가지 못한다. 모든 사회는
친절하고 자애로운 모든 생각이나 말 또는 행동에
부지불식간에 미묘한 영향을 받는다.

나의 눈

에고는 감정성에 매달리고 감정성은 에고의
입장성과 관계가 밀접하다. 그래서 에고는
달리 선택의 여지가 없다고 여기는 척한다.
'신에게 항복한다'는 것은
더 이상 에고에게 위안과 스릴을 기대하지 않고
평화의 끝없고 평온한 환희를 찾는다는 뜻이다.
내면을 들여다보는 것은 곧 마음의 바탕에 늘 있으면서
마음 자체를 비추는 광원을 발견하는 것이다.

호모 스피리투스

성공에서 중요한 첫째 비결은 원인과 결과에 대해
세상 사람들과 정반대로 이해하는 것이다.
원인은 파워이고 '이 안'에 있다.
'저 밖'에 보이는 것은 결과에 지나지 않는다.
자동으로 따라오는 것들이다.
삶을 좌우하는 보편 법칙 때문에
따라올 수밖에 없는 것들이다.
세상 사람들이 결과를 부러워하는 것은
엉뚱한 것을 부러워하는 것이다.
부러워하면서 모방하려고들 애쓰지만
모방의 대상을 잘못 알고 있다.
자신의 삶에서 모방으로 효과를 보려면
결과가 아니라 원인을 모방해야 한다.

성공은 당신 것

세상의 사건들은 우리가
이런저런 인식에 바탕해 반응하게 만든다.
그래서 세상사는 우리가 인식을 드러내고
착각을 일으키고 입장성을 투영하게 만드는 대극장이다.
우리는 텔레비전을 끄고 멀리할 수도 있고
그것을 중요한 학습 도구로 여길 수도 있다.

내 안의 참나를 만나다

헌신이 의지를 작동시켜 독자적인 힘을 쥐여 주면,
의지가 호응하며 영감이 떠오르고
이어서 신의 친절인 은총이 영감을 명확하게 설명해 준다.
개인의 의지가 **신의 의지**Divine Will 속으로 녹아들게 되고,
영적 탐색과 탐구로 이어지는 번뜩임이
신의 선물로 주어진다.

나의 눈

영적으로 진화해 원하는 것이나
애착하는 것이 거의 없는 사람은
상대적으로 비탄에 면역되어 있다.
왜냐면 행복의 근원을 경험하는 것은
내면에서 시작되는 일이라
외부 것들에 좌우되지 않기 때문이다.
만약 행복의 근원이 에고 기제를 통해
얻어 내는 것이라면 그것은 이미지와 신념 체계,
투영된 가치관에 바탕하는 것이지
상실에 해를 입지 않는
절대적 실상 자체에 바탕하는 것이 아니다.
우리가 이런저런 물건, 사람의 갖가지 자질,
어떤 인간관계들을 과대평가하게 되는 것은
애착 기제와 그에 따른 가치 투영 때문이다.

의식 수준을 넘어서

헌신하면 두려움과 의심, 망설임이 사라지고,
그리하여 앞일에 대한 의구심이 떨쳐진다.
의도도 훨씬 강력해지고
신에 대한 신뢰도 매우 깊어진다.
그런 뒤에 자신을 신에게 완전히 넘기겠다는
결단이 내면에서 생긴다.

내 안의 참나를 만나다

영과 가슴은 하나다. 신과 하나가 되는 것은 가슴이지
마음이 아니다. 자신의 가슴을 발견하는 것이
신을 발견하는 것이다.

Along the path to Enlightenment

이렇게 자문할 수 있다.
신을 포기할 만큼 이 단물에 가치가 있을까?
즉 에고 입장성은 나름의 가치가 있으니 그것을 '기꺼이'
항복할 수 있을지 고심할 필요가 있다. 각 입장성은
그 입장성대로 이루어지면 행복하리라는 추정에
바탕한다. 따라서 이것이 저것을 가져올 것이라는
착각 외에는 실제로는 어떤 가치도 없다.

내 안의 참나를 만나다

성공이 자동으로 이루어지려면
어디서 찾을지를 알면 된다.
어떤 것을 찾을지가 아니라 어디서 찾을지를 알면 된다.
우리가 어떤 것을 소유하고 있는지,
어떤 활동을 하고 있는지가 아니라
어떤 존재인지what we are를 보는 것이다.
찾는 것을 자기 내면에서 발견하기만 하면
애써 '저 밖'을 뒤질 필요가 없어진다.

성공은 당신 것

인간의 세상이 상징하는 기회와 선택의 범위는 연옥을
연상케 할 정도다. 지독한 엄숙함에서 충만한 환희까지,
범죄성에서 고결성까지, 두려움에서 용기까지,
절망에서 희망까지, 탐욕에서 자선까지 망라한다.
따라서 인간이 하는 경험의 목적이 진화하는 것이라면
이 세상은 지금 있는 그대로 완벽하다.

호모 스피리투스

마음에 신념 체계가 떠오를 때
그것에 이의를 제기하지 않고
내버려 두면 안 된다.
마음이 무의식적으로 우리에게
불리하게 작용하고 있었는데
그 영향력이 얼마나 큰지
그동안 눈치채지 못했다면,
우리는 그것의 방향만 바꿔
유리하게 사용할 수 있다.
의식적으로 마음의 힘을 활용하기만 하면
우리를 망쳤던 동일한 힘이
이제 우리를 위해 작용할 수 있게 된다.

치유와 회복

사랑의 에너지 장은 그 특성 자체가 본디 기쁨과
만족을 준다. 사랑의 수준에서는 사랑은 모든 곳에서
접할 수 있는 것이며 사랑을 베푸는 상태는 반대로
사랑을 불러들인다는 사실을 알게 된다.
비록 조건부 사랑으로 시작될 수도 있지만,
영적 의도가 더해지면 사랑은 삶을 사는 방식이자
온갖 것으로 나타나 있는 생명에 공감하는 방식이 된다.

의식 수준을 넘어서

에고가 안간힘을 써도 못 드는 것이
신의 은총으로는 깃털처럼 들린다.

의식 수준을 넘어서

7月 30日

적이나 경쟁자로 여기던 사람들을
영감과 자극을 주는 원천으로만 여기라.
그들의 도전 대상은 우리의 내면이다.
그들과 맞서는 우리의 외형이 아니다.

성공은 당신 것

7月 31日

진정한 금욕주의는 노력 절감의 문제일 뿐이다.
의미를 갖는 것은 소유물 자체가 아니라
거기에 투영해 놓은 추정상의 중요성과 가치다.
그렇기에 '세상을 헐렁한 옷처럼 걸치라'는
권고가 있는 것이다.

의식 수준을 넘어서

8月 1日

효과적인 영적 노력은 간헐적 열정의 소산이 아니라
일관성과 끈기의 소산이다.

내 안의 참나를 만나다

8月 2日

내면에 있는 행복의 원천이 개방되는 것은
마음이 제가 바라던 결과를 경험하고
여타 상황도 알맞을 때다.
내면을 면밀히 살펴보면
외부의 사건은 내면의 타고난 능력을
작동시킬 뿐이라는 사실을 알게 된다.
행복의 원천이 사실은 내면의 자아 속에 있고
따라서 잃어버릴 수 없는 것임을 알게 되면
두려움이 준다.

호모 스피리투스

영적으로 진화된 모든 사람이 발전 과정에서 익히는
지극히 유용한 통찰법이 있다. 자기 개인의 의식이
자신의 삶에서 일어나는 모든 일을 결정하는
결정적 영향력이라고 보는 것이다.

진실 대 거짓

진정으로 성공하는 사람들은
자신이 즐거움을 주는 사람이든
노래하거나 춤을 추는 사람이든
설계하고 제작하는 사람이든 간에
자신이 제공하는 서비스의 구매자가
늘 똑같은 고객임을 알고 있다.
세상을 통틀어 고객은 하나밖에 없다.
이 고객의 이름은 '인간의 본성human nature'이다.

성공은 당신 것

큰나 Self는 맥락이라는 점,
그리고 이와는 대조적으로
자아 self는 내용이라는 점을 안다면
이미 엄청나게 도약한 것이다.
순진한 구도자는 내용을 계속 개편하는 일만 한다.

호모 스피리투스

실재가 펼쳐지는 매 순간마다 가능한 한 최선을
다하는 것이 삶의 목표라면, 영적 작업을 통해
이미 괴로움의 주요 원인에서 벗어나 있는 것이다.
철저한 현재라는 정지 화면에는 반응하거나 수정할
어떤 인생 이야기도 담겨 있지 않다. 이렇게 마음이
'단일 시점 상태'면 모든 것은 '있는 그대로 있을' 뿐
평하는 말이나 형용사가 붙어 있지는 않는다는 점이
이내 명백해진다.

호모 스피리투스

8月 7日

목표를 항복한다고 해서
자동으로 목표를 잃는 것은 아니다.
탐욕으로 좇으면 신기루 같은 일이,
더 높은 의식 수준으로 진화하면 그에 따르는 결과로
수월하게 현실화되는 경우가 많다.

내 안의 참나를 만나다

8月 8日

'두려운 신'이라는 관념은 무지의 소산임을 인정하라.
신은 평화이자 사랑이지 다른 어떤 것도 아니다.

호모 스피리투스

후하거나 배려하거나 통이 크거나 창조적이거나
지략이 있거나 적응력이 있는 마음가짐은 모두
그 사업을 지휘하는 사람이 지닌 인간의 본성에서
자동으로 생겨난다. 이런 마음가짐은 인간의 본성
자체의 자질이기에 우리 모두의 내면에 있다.

성공은 당신 것

인간 특유의 상태'가 지닌 특성들을 품위 있게 받아들이면
여러 두려움이 제거된다. 받아들이고 나면 위안이 되는
사실을 깨닫는데, 그것은 내가 겪는 불편들을 모두가
똑같이 겪고 있다는 점이다. 그 결과로 모든 생명에 대한
치유의 연민이 생긴다. 자애로워지면 사랑을 잃는 것에
대한 두려움에 마침표가 찍힌다. 자애로움은 가는 곳마다
사랑을 불러일으키기 때문이다.

호모 스피리투스

---

* 인간 특유의 상태(human condition): 다른 동물들은 겪지 않는, 인간만이 불가피하게 공유하고
있는 경험, 감정, 욕구 등을 말한다.

8月 11日

끌리는 점들을 항복하거나
싫어하는 점들을 항복하면
내면이 평화로워진다.
가치 있다고 인식되는 것들은 주로
'원하는 바'와 '원치 않는 바'가 투영된 것이다.
'원하는 바'가 적을수록 삶은 더 편안하고 만족스럽다.

의식 수준을 넘어서

8月 12日

욕망의 대상을 항복해야 하는 것이 아니다.
욕망한다는 특성 자체를 항복해야 하고
마술적으로 부풀린 가치를
대상에 불어넣던 것을 항복해야 한다.

호모 스피리투스

8月 13日

진정한 영적 노력은 실제의 희생을
전혀 필요로 하지 않고 요구하지도 않는다.
일상 용어에서 *희생*은 상실을 뜻하거나
심지어 고통스러운 상실을 뜻한다.
진정한 희생은 사실 더 큰 것을 위해
작은 것을 놓아 버리는 일을 뜻하며
무언가를 잃게 만드는 일이기보다는
보상을 가져오는 일이다.

나의 눈

8月 14日

우리는 새 목표를 세울 때마다 '우리에게 그것이 없어서
그것을 원한다'는 느낌에 바탕하여 세운다. 그런 뒤에는
그것을 얻거나 얻지 못하는 일이 벌어진다. 얻지 못하면
우리는 불행하다고 말한다. 얻으면 만족스럽다고 말한다.
이렇게 목표가 국한되어 있으면 성공도 국한된다.

성공은 당신 것

8月 15日

에고가 원하는 보상을 거부하고 항복함에 따라
에고의 정신psyche 장악은 느슨해지고, 남은 의심을
점차 버림에 따라 영적 경험은 진도를 나간다.
그 결과로 믿음은 경험적 지식으로 대체된다.
헌신도 깊이와 세기가 증가하는데,
그러다 마침내는 다른 세속적 활동과 관심사를 모두
밀어내거나 보잘것없게 만들 수도 있다.

현대인의 의식 지도

8月 16日

이성에 바탕한 겸손은 배움에 필수적이다.
그런 겸손이 있어야 마음이 무언가를 배울 수 있기
때문이다. 겸손을 갖춘 마음은 이제 검증 가능하고
사실인 지식을 흡수하고 통합하고 소화할 수 있다.
성공의 열쇠는 진실한 권위자를 연구하고
모방하는 것이지 시기하고 질투하고 적대함으로써
저항하거나 공격하는 것이 아니다.

현대인의 의식 지도

8月 17日

마음의 모든 발언은 기껏해야 임시적인 의미만 있어
이 한계를 자각하는 것은 지혜가 본래 갖추고 있는
특징이다. 지혜는 겸손한 정도뿐 아니라
유연한 정도도 나타낸다. 시간과 경험을 통해
정보가 더 쌓일 것임을 알고 있는
보수적이고 신중한 태도를 의미하기도 한다.
따라서 지혜가 있으면 모든 지식은 의미만 아니라
중요성과 가치까지 임시적이며
변화 가능한 것이라고 여긴다.

현대인의 의식 지도

8月 18日

현 인간 사회의 주요 결함은 늘 그랬듯이 인간의 마음이
그 설계로 말미암아 본디 진실과 거짓을 구별할
능력을 가질 수 없는 점이다. 물려받은
모든 결함 가운데 가장 결정적인 이 단일한 결함이
인간이 겪어 온 비극과 재앙 전체의 근저에 있다.

진실 대 거짓

큰나는 개인적 의지를 점차 항복시키고 저항을
약화시키는 자력과 같다. 따라서 길을 따르는
일 자체가 스스로 실현되면서 만족을 주고
진도에 따라 여러 보상도 나타난다.
아무리 작아 보여도 모든 걸음은 가치가 똑같다.

의식 수준을 넘어서

의식의 큰 약점은 순진하다는 것이다.
의식은 쉽게 속는다. 듣는 말을 다 믿는다.
의식은 어떤 소프트웨어가 설치되든
다 구동해 주는 하드웨어와 같다.
우리는 결코 우리 의식의 순진함을 잃지 않는다.
영향을 받기 쉬운 어린아이처럼
천진하게 사람을 잘 믿는 순진함이 지속된다.
의식의 유일한 수호자는 수신되는 프로그램을
세심하게 살피는, 분별력 있는 알아차림이다.

의식 혁명

영적 진화는 평생의 서원이자 삶의 방식,
온 세상과 모든 경험이 영적 의도를
북돋우게 만드는 삶의 방식이다.
신의 종이 되기를 선택하는 것은
가장 큰 소명을 받는 것이다.
영적 진보에서는 모든 진전이 똑같이 중요하다.
단 한 장의 벽돌을 빼낸 탓에
벽 전체가 무너질 수도 있듯이
단 한 걸음 나아간 덕분에
불가능해 보이던 것이
가능해질 수도 있기 때문이다.

현대인의 의식 지도

어떤 사람들이 자동으로 성공하는 것은
존재만으로도 감명을 주기 때문이다. 이런 사람들은 모두
있는 그대로의 자기 자신으로 존재할 배짱과 자신감이
있어 보인다. 다른 사람이라면 제약으로 여길 만한 점도
활용한다. 이런저런 사실들 자체는 파워를 지니고 있지
않다. 파워를 지닌 것은 그런 사실들을 대하는 사람의
마음가짐이다.

성공은 당신 것

당신의 삶을 선물로 만들어 전 인류를 북돋우라.
그러기 위해 언제 어디서든 어떤 조건하에서든
자신을 포함한 모든 사람에게 친절하고
사려 깊고 관대하고 연민을 갖는 사람이 되라.
이렇게 되는 것이 당신이 줄 수 있는 가장 큰 선물이다.

나의 눈

타인을 따뜻하게 대해
인간의 영혼에 힘이 되어 주는 것으로
화합과 아름다움에 기여할 기회는 모두에게 있다.
생명에게 기꺼이 후하게 베푼 것이
우리에게 도로 흘러오는 것은
우리도 똑같이 그 생명의 일부이기 때문이다.
수면의 잔물결처럼 모든 선물은 준 사람에게 되돌아온다.
타인에 대한 확언은 사실은 자신에 대한 확언이다.

나의 눈

문: 에고가 카르마의 근원인가?
답: 에고는 카르마의 중심처locus이자 저장소다.
에고와 카르마는 똑같은 한 가지임을 깨닫는 것이
매우 중요하다.

호모 스피리투스

8月 26日

호의, 용서, 자애로움을
세상에서 존재하는 태도로 선택하고
이런 태도를 이익 좇는 거래처럼 여기지는 않는다면
영적 진보는 자동으로 따라온다.

의식 수준을 넘어서

8月 27日

자유는 스스로 자신의 운명을 빚어내며 이 세상
고유의 요긴한 영적 진실을 배울 기회를 의미한다.
선업이나 악업이 지어지려면
'실제real'라고 믿고 경험하는 상태에서
갖가지 선택을 해 나가야 한다.
그래서 착각이나 환상마저 영적 성장을 촉진한다.
빠져 있는 동안은 실제처럼 보이기 때문이다.

호모 스피리투스

성공은 공유될 때 비로소 성공답다. 식당 주인이
자신의 성공에서 얻는 환희와 희열을 공유한다.
셰프가 주방에서 나와 자신의 창작품에서 얻는
환희와 희열을 선보인다. 고객들도 그 창작품에서
환희와 희열을 확실하게 얻는다.
식당의 홀 전체에 호의가 넘친다.
다들 이 경험에서 부족함을 느끼지 못한다.
결정적으로 고객들이 이런 주인과 셰프의
식당을 경험하며 부족함을 느끼지 못한다.
사람들에게 기쁨을 주려면 그들이 뭘 좋아하는지
정말로 아는 것이 관건이다.

성공은 당신 것

알아차림은

무언가를 '해'야 하는 것 때문에 지체되는 일이 없는,

의식 자체의 특성이다.

알아차림은 그냥 '있다.'

그리고 그 선천적 능력 덕분에

본질을 곧바로 파악한다.

신성이 **큰나**로 존재하는 데는 힘이 들지 않는다.

내 안의 참나를 만나다

매료되거나 유혹받거나 바람직하게 여기거나 매력을
느끼는 것은 모두 겉모습만 보고 추정한 바를 투영한
결과다. 또한 이익이 되리라는 환상에 프로그래밍된
것과 관련 있다. 투영한 가치관을 충족시키는 일들이
환상의 세계를 이룬다.

내 안의 참나를 만나다

우리는 명백하게 줄을 잇고 있는 경험을 목격하고
관찰하고 기록한다. 그러나 알아차림 내에서조차
실제로는 어떤 일도 일어나지 않는다.
알아차림은 경험되고 있는 바를 그냥 보여 준다.
그것에 아무런 영향도 미치지 않는다.
알아차림은 모든 것을 아우르는 끌개장으로,
생명 자체와 동일한 무제한의 파워를 갖고 있다.
그리고 마음이 믿고 있는 모든 것은
보다 높은 알아차림의 수준에서는 오류다.

의식 혁명

9월

자기 일에 유능한 사람은 진정한 기쁨쟁이가 된다. 우리는
모두 탁월함에, 그 대단한 솜씨에 짜릿한 기쁨을 느낀다.
대단한 솜씨가 있는 사람의 무엇이 우리에게 기쁨을
줄까? 그의 가슴이다. 챔피언의 가슴이다.
우리는 그들의 창조성에 갈채를 보낸다.
그들의 사업에 축하를 보낸다.
그들의 탁월함에 대한 매진에 찬사를 보낸다.
우리는 우리에게 보이는 그들의 몸가짐을 좋게 볼 뿐만
아니라 그들 내면의 마음가짐도 좋게 본다. 예를 들어
파바로티가 위대했던 것이 그의 목소리 때문만은 아니다.
세상에는 훌륭한 이탈리아 테너가 많으니까.
파바로티는 위대한 사람들의 진짜 겸손이 있었다.
진정한 '남 기쁘게 하기'는 영합하는 것이 아니다.
탁월함을 드러내 보이는 것이다.

성공은 당신 것

9月 2日

마음은 바라는 바와 싫어하는 바 사이에 붙잡혀 있다.
두 가지 다 속박이다. 어떤 싫어하는 것은 본래
어떤 길들여진conditional 인식에 대한 애착이기도 해서
받아들이면 사라진다.

호모 스피리투스

9月 3日

영적 진화는 마음을 (그리고 마음의 부정적 성향을
'대상'으로 삼아) 지켜보면 자동으로 따라오는 결과다.
내용의 패러다임이 아니라 맥락의 패러다임에서 전체를
보는 관점으로 지켜본다. 변화를 강제하려 드는 대신
그저 **신성**이 그렇게 하게 놔둘 필요가 있다.
그러려면 통제하려는 시도, 저항하려는 시도,
이익이나 손해가 있다는 환상을 모두 깊이 항복한다.
환상을 깨뜨리거나 비난할 필요는 없고
그저 환상이 점차 사라지게 놔둘 필요만 있다.

의식 수준을 넘어서

9월 4일

두려움이 멎는 것은 행복의 원천이 내면에 있음을
알게 된 결과다. 자신이 실재한다는 환희,
지속적이고 외적인 것에 좌우되지 않는 이 환희가
행복의 원천임을 알아본 결과다. 자신과 세상과
타인에게 기대하고 요구하기를 항복한 결과다.
나는 원하는 것을 얻거나 받아야 행복할 수 있다는
생각은 걱정과 불안과 불행을 보장한다.

호모 스피리투스

9월 5일

영적 진보는 단계적으로 일어난다. 처음에는
영적 실상을 알게 되어 그것을 연구한다. 이어서
삶의 모든 면에서 가르침을 실천하고 적용한다.
그러면 결국 사람 자체가 기도가 된다.
헌신하고 서원하고 실천하는 것을 통해
영적 개념이 경험적 실상이 된다.

현대인의 의식 지도

영적 가르침과 하나가 되려면

가르침을 받아들여야 한다.

에고로부터 저항이 올라온다.

에고는 겸손을 모르며

자부심 탓에 자기가 '틀렸다'는 데 분개한다.

가르침을 받아들이며

틀린 견해를 내버리는 중이 아니라

더 나은 견해를 들여오는 중임을 깨닫는 것이 좋다.

나의 눈

9月 7日

악의와 적의는 말 그대로 나를 병들게 한다.
내가 품은 앙심의 피해자는 늘 나 자신이다.
남모르게 품은 적대적인 생각조차
나 자신의 몸에 생리적인 공격을 초래한다.

의식 혁명

9月 8日

성공하려면 자신이 해야 할 일뿐만 아니라
해서는 *안 될* 일도 알아야 한다. 해서는 안 될 일이
무엇인지 알려면 *해야* 할 일의 원칙부터 알아야 한다.
사실 '일을 망친 때'는 시기만 한 레몬으로
맛있는 레모네이드를 만들 기회와도 같다. 이 기회를
활용하려면 실수에 힘입어 더욱 향상할 수 있도록
실수를 분석하는 것이 중요하다. 또한 후회와 쓰라림을
훌훌 털고 먹구름의 가장자리에서 밝은 빛을
발견하는 것도 중요하다.

성공은 당신 것

자각Realization은 '이익'이나 성취가 아니다.

선하다고 보상으로 '주어지는' 어떤 것도 아니다.

그런 것은 모두 어린 시절에 얻은 관념이다.

신은 결코 변하지 않기에 잘 조종해서 편애하게 만들거나

흥정이나 과한 칭송으로 꼬드길 수 없다.

신을 경배하면 경배자에게 이로운 것은

서원과 영감이 강화되기 때문이다.

신은 고요하고, 말이 없고, 움직이지 않는다.

호모 스피리투스

자기도취적인 에고 핵core은 '맞다right'에 정렬한다.
'맞다'가 '지혜와 부합한다'를 의미하든
'지혜를 근거 없다고 거부한다'를 의미하든
개의치 않고 '맞다'에 정렬한다.
겸손을 갖추는 진지한 탐구자는
마음이 독자적으로는 ― 그것이 받은 교육에도
불구하고 ― 진실을 확인하고 증명하는 방법이 지닌
딜레마를 해결할 수 없음을 알게 된다.
진실을 검증하려면 주관적 경험으로 확증하는 것은 물론
객관적이고 증명 가능한 기준을 통해
확증할 필요가 있다.

현대인의 의식 지도

9月 11日

뜻밖의 일로 삶이 격변하면
다시 적응해야만 하는 것에도 불안을 느끼게 된다.
중대한 의사 결정이 필요할 수 있기 때문이다.
알아 둘 필요가 있는 영적 연구 보고에 따르면
심신이 괴롭거나 감정적으로 힘든 것은 모두
저항 때문이다. 그 치유책은 받아들이고 항복함으로써
고통을 덜거나 없애는 것이다.

의식 수준을 넘어서

9月 12日

용기는 두려움이 없음을 의미하지 않는다.
두려움을 이겨 낼 자발성이 있음을 의미한다.
두려움을 이겨 내면 숨어 있던 강인함과 불굴의 용기가
드러난다. 의도하고 노력할 책임은 있지만
결과를 낼 책임은 없다는 점을 깨달으면
실패의 두려움이 준다. 결과는 개인의 것이 아닌
여타 많은 조건과 요인에 좌우된다.

의식 수준을 넘어서

호의goodwill가 사라지면 성공도 사라진다.

호의가 사라지면 신뢰, 믿음, 만족, 마음가짐,

고객의 충성심, 여타 삶을 가치 있게 해 주는

모든 것이 함께 사라진다.

그 모든 것이 함께 파탄을 맞이한다.

성공은 당신 것

문: 영적 진실, **자각**Self-realization, **깨달음**의 탐구를

어디서부터 시작해야 할까?

답: 간단하다. '나는 누구인가?Who am I'와

'나는 무엇인가?What am I'에서 시작하라.

모든 진실은 내면에서 발견된다.

검증된 가르침들을 길잡이로 삼으라.

나의 눈

9月 15日

영적 학습이 일어나는 과정은 논리처럼
선형적으로 진행되는 것이 아니다.
그보다는 영적 원칙과 영적 단련에 친숙해지면서
알아차림과 자각이 눈을 뜨는 것이다.
어떤 '새로운' 것도 배우지 않는다.
대신에 이미 존재하는 것이
완전히 명백한 것으로서 나타난다.

나의 눈

9月 16日

진화가 미묘한 차이로 나타남에 따라 어떤 사람들은
다른 사람들보다 진화의 길에서 더 멀리 간다.
이 단순한 사실을 알면 타인에 대해 분노하고
두려워하고 증오하고 비난하는 대신 용서하고
연민을 갖게 된다. 그리고 타인을 용서하려는
자발성이 자신을 용서하고 받아들일 수 있는
능력에 반영되어 능력이 커진다.

호모 스피리투스

자기 자신과 살아 있는 모든 것을
그저 친절하게 대하는 것이
가장 강력한 변형의 힘이다.
친절은 어떤 반발도 사지 않고,
어떤 부정적인 면도 없고,
어떤 손해나 절망을 가져오지도 않는다.
어떤 대가도 치르지 않고
사람의 진정한 파워를 증대한다.
하지만 최대한의 파워에 도달하려면
친절의 대상에 어떤 예외도 있어서는 안 되고
어떤 이기적인 보상을 기대하며
친절을 베풀어도 안 된다.
이런 친절이 미치는 영향은
미묘한 만큼이나 지대하다.

의식 혁명

신성과 진실에 정렬하기를

의식적으로 선택하면

다시 자율권을 얻으면서

정체성이 자아에서 **큰나**로 이동하고,

이에 따라 자신을 비하하거나 폄하하는 대신

자신 있고 용기 있고 품위 있게 된다.

전면적으로 항복하면 평화를 얻는다.

부분적으로 항복하거나 조건부로 항복하면

의심이 오래도록 남는다.

의식 수준을 넘어서

9月 19日

우리가 세상을 살아가는 원칙이 생명의 친구가 되고
인간이 지닌 본성의 친구가 되는 것이 아니라면
세상 사람들이 우리의 친구가 되는 것 또한
전혀 보장되지 않는다.

성공은 당신 것

9月 20日

단편적이고 국한되어 있는 입장성들이 일으키는
착각과 환상을 가리켜 '문제'라 일컫는다.
실제로 문제 같은 것은 있을 수가 없다.
원하는 바와 원하지 않는 바가 있을 뿐이다.
무언가로 괴로운 것은 그것에 저항하기 때문이다.

나의 눈

9月 21日

삶이 의미를 잃으면 우리는 먼저 우울에 빠진다.

삶이 너무나 무의미해지면 우리는 아예 삶을 떠난다.

포스force의 목표는 일시적인 것이다.

그래서 목표에 도달하면 텅 빈 무의미만 남는다.

한편 파워는 우리에게 끝없이 동기를 부여한다.

예를 들어 우리의 삶이 주변 사람 모두의

건강과 행복과 안전을 증진하는 데 전념하는 것이라면

그런 삶은 결코 의미를 잃을 수 없다.

의식 혁명

9月 22日

진실은 그 절대적 주관성 때문에 객관적으로 더

생각해 볼 점이나 불확실한 점이 전혀 없다.

그런 것은 오직 에고로부터 나온다.

에고가 무너지면 모든 논쟁이 그치고

그 자리에 침묵이 깃든다.

의심이 곧 에고다.

호모 스피리투스

열정의 유무보다는 전념의 여부가
어떤 길의 진실성 여부를 더 잘 보여 준다.
길에 믿음을 가지고 의심을 거둬야
의심이 현실성 있는 것인지 아니면
저항의 형태일 뿐인지 확인할 수 있다.
구도자는 공부하고 스스로 연구하고
조사한 결과로 생기는 내적 확신과 굳건한 신념을 통해
안전함을 느끼고 힘을 얻어야 한다.
그러므로 길은 본질 자체가 구도자 자신의 발견과
내면 경험으로 진실성이 재확인되는 것이라야 한다.
진정한 길은 구도자의 경험을 통해
그 실상이 점차 밝혀지고 알려지고 재확인된다.

내 안의 참나를 만나다

영적 노력에 저항이 생기는 근원은 자기도취적인 에고
핵core 자체다. 에고 핵은 사람이 실재하고 결정하고
행동하는 것을 놓고 자기가 통치권자이자 저작자라고
은밀히 주장하고 있다. 그래서 최선의 영적 노력에도
불구하고 통제하거나 이익 얻기를 원하는 고집과 욕망이
거듭거듭 분출된다. 이런 양상이 약해지려면
에고가 자만심 강하고 오만하고 탐욕스러우며
미워하고 분개하고 부러워하는 것은
당연하다고 받아들이기만 하면 된다.
그런 감정은 에고가 영겁에 걸쳐 점진적으로
발달하는 동안 학습되어 에고에 켜켜이 쌓인 것이다.
따라서 죄책감을 느낄 필요가 없다. 자기self 이익 추구에서
큰나Self 이익 추구로 옮겨가는 과정에서
그런 원초적 감정에 끌리지 않게 되었을 때
감정을 버리면 되기 때문이다.

현대인의 의식 지도

성공의 지속을 보장받으려면 성공이란 인간이 지닌
본성의 참모습을 다소 알아차린 데 따른 결과이며
그런 본성은 개인의 것이 아니라는 사실을 내면에서
알아야 한다. 이 사실을 알면 성공한 사람에게 닥치는
도전을 견뎌 내는 데 필요한 겸손을 얻는다.
이 도전이 진짜 시험…… 세상에서 가장 큰 시험
가운데 하나다. 우리가 가진 매력의 근원을
에고가 망치거나 악용하지 않게 하라.
감사는 최고의 방어 수단 가운데 하나다.
자신의 재능을 발견해 그것으로 어떤 일에
성공하고 있다면 그 재능에 늘 감사하라.
늘 감사하고, 오만하게 성공을 과시하기보다는
다른 사람과 성공을 공유하려고 노력하라.

성공은 당신 것

9월 26일

자부심의 부정적인 면은 거만함과 부인이다.
문제가 있어도 시인하지 않고 부인한다.
이런 특징이 성장을 방해한다.

의식 수준을 넘어서

9월 27일

고통의 근원은 신념 체계 자체가 아니라
신념 체계와 그 과장된 가상적 가치에 대한 애착이다.
애착을 내면에서 처리할 수 있는가는
의지의 사용에 달려 있다. 의지는 단독으로도
항복의 과정을 통해 애착 기제를 되무를 힘이 있다.
이 과정이 주관적으로는 희생으로 경험되거나
희생으로 간주될 수도 있지만
실제로는 희생이 아니라 해방이다.
상실이 주는 감정상 고통은 애착 자체에서 생기지
상실한 '그것'에서 생기지 않는다.

의식 수준을 넘어서

진정한 행복은 언제나 이 순간의 '바로 지금'에 있다.
하지만 에고는 언제나 무언가가 완료되어 만족을 줄 미래,
욕망이 실현될 '그때'를 고대한다.

치유와 회복

영적 순수성은 자신에게 솔직한 결과이고
자기 솔직성self-honesty은 진정으로 헌신한 결과다.
신의 종이 되는 것은 **신성한** 인도와 정렬하는 것이며,
정렬하면 자아나 세상에 영합하기보다는
큰나에게 인도를 바라게 된다.

의식 수준을 넘어서

문: 영적 작업이란 어떤 것이라고 상상하면 될까?

답: 그 과정은 발견의 과정이라, 사람은 발견을 위해
내면을 향한다. 또한 **큰나**에 영향받아 영적 노력을 삶의
목표로 선택하게 된다. 대개 어떤 결정을 내린다.

내 안의 참나를 만나다

10月 1日

자존감이 충분한 사람들은 타인을 미워하고 싶은 욕구가
전혀 없다.

진실 대 거짓

10月 2日

형상의 세계에서는 어떤 것도 영원하지 않다.
결국 모든 것은 신의 뜻에 항복되어야 한다.
항복하는 데 성공하려면 신의 뜻은 개인의 바람에 맞게
개인화되지 않는다는 점을 깨달을 필요가 있다.
신의 뜻은 사실 온 우주의 카르마적 설계다.
신의 뜻에 항복한다는 것은 **궁극의 실상** 외에는
어떤 것도 영원하지 않다는 진실에 항복함을 말한다.

호모 스피리투스

일을 망쳤을 때 우리의 기존 강점을 되찾는 방법
한 가지는 완전히 정직하게 대처하는 것이다.
진실성과 신뢰성을 복구할 수 있는 길은
실수를 저질렀을 때 그것을 솔직히 인정하는 것이다.
그렇게 하여 가슴의 진정한 변화를 세상에 보여 준다.
세상 사람들이 우리를 용서할 것이다.
모든 사람은 실수를 저지른다.
실수는 실패를 가져오는 원인이 아니다.
어긋나 있는 것을 파악하고 바로잡고 복구하여
더 높은 수준에 이르게 해 주는 도약대일 뿐이다.
실수를 어떻게 다루었는지에 따라
우리는 실패자도 되고 챔피언도 된다.

성공은 당신 것

10月 4日

분야를 막론하고 인간의 지식은
시간이 지남에 따라 바뀌며, 역사의 보고조차
새로운 발견과 방법론에 바탕해 수정될 수 있다.
따라서 모든 신념과 정보는 잠정적이다.
설사 사실들 자체는 바뀌지 않더라도 그 중요성이나
의미는 시간이 지남에 따라 바뀌게 되기 때문이다.

현대인의 의식 지도

10月 5日

만족감과 성공한 느낌은 '저 밖'에서 어떤 일도 벌어지지
않아도 전적으로 완전할 수 있다. 이것이 바로
세상 초월, 더 이상 '저 밖'의 영향에 좌우되어
'저 밖'의 피해자가 되지 않는 상태다.
성공적인 사람들은 삶에서 만족을 찾을 데가 너무 많아
어느 한 가지 일로 마음 상하지 않는다. 따라서 기대한
결과가 나오지 않아도 감정적 반응에 빠지지 않는다.

성공은 당신 것

나타나고 그런 다음 존재한다고 말해지는
어떤 것이 있음을 알 수 있는 것은
오직 알아차림 덕분이다.
알아차림은 의식의 특성으로,
내가 존재한다는 사실이나 내가 있다는 사실을
알고 겪고 알아차릴 수 있게 해 준다.
있다는 것과 *내가 있음을 안다*는 것은 서로 다르다.

진실 대 거짓

10月 7日

영적 열망자에게 욕망과 애착은 진보를 억제하는 것이다.
욕망이나 애착이 생길 때는 그것이 상징하는 바를
신에게 항복할 수 있다.

호모 스피리투스

10月 8日

현명한 사람은 지적 능력으로는 어느 정도까지만
도달할 수 있고 이후에는 믿음과 신념으로
지식을 대체해야 함을 알고 있다.

호모 스피리투스

10月 9日

신의 은총이란 온갖 영역과 가능성으로 나타나 있는
전 우주의 절대적으로 확실하게 모든 것이 들어맞는
카르마라고 이해할 수 있다. 은총은 의식의
영역 안에 제공되어 구원과 절대적 자유를 위해
모든 수단을 이용할 수 있게 한다.
선택을 통해 사람은 자기 운명을 결정한다.
전횡을 일삼는 강제력 같은 것은 존재하지 않으니
감안할 필요가 없다.

호모 스피리투스

10月 10日

겸손은 에고의 버팀목인 성급히 비판하는 습성,
입장을 가지려는 성질, 훈계 좋아하는 성향을 제거한다.

나의 눈

보통 사람의 정신은 스스로 알아차리지 못하는
여러 층의 프로그래밍된 신념 체계에 압도되어 있다.
그래서 순진한 데다가 인과 관계의 법칙을
믿고 있는 까닭에 갖가지 원인과 그 해결책이라고
주장되는 것들을 '저 밖'에서 구한다.
성숙해져서 영성의 지혜를 얻으면
탐색이 내면을 향하게 되고,
거기서 마침내 근원과 해소법을 발견한다.

호모 스피리투스

진정한 강인함과 파워는 무슨 일이 있어도 자신의 원칙을
지킬 수 있는 능력에서 나온다. 그러기 위한 규칙은
모든 사람의 삶에 혜택과 도움을 주려는 뜻,
격려하고 행복감과 희망을 주고 가치를 알아주고
삶에 경의를 표하려는 뜻을 결코 굽히지 않는 것이다.
성공은 삶의 본성을 이해하는 데서 비롯한다.
삶의 본성을 이해하면 성공을 못 할 수가 없다.
분투할 일이 없어진다는 말이 아니다.
낡은 마음가짐을 버리고 새로운 마음가짐을 들이는
과정에서 그야말로 분투하는 기간이 있을 수도 있다.

성공은 당신 것

10月 13日

개인의 판단은 인식에 근거하고
인식은 신념과 이전의 프로그래밍으로 강화되며
이 모든 것은 에고의 부정적 에너지에서
보상을 얻음으로써 유지된다. 에고는
'옳지 못한' 일로 괴로워하기, 죽는소리하기, 오해받기,
삶의 우여곡절에 끝없이 당하는 피해자 행세하기를
그저 '사랑'할 뿐이다. 이런 것에서 에고는 막대한 보상을
얻는다. 보상은 입장성 자체에서 얻을 뿐만 아니라
동정, 자기 연민, 이런저런 피해자가 될 권리,
중요한 사람 되기, '무대의 중심'에서 멜로드라마의
주인공이 되기에서도 얻는다.

의식 수준을 넘어서

10月 14日

세상을 초월하려면 내면의 겸손이 가져오는 연민과
받아들임이 필요하다. 연민을 갖고 받아들임으로써
세상을 신에게 항복하면 마음의 평화가 깊어진다.

현대인의 의식 지도

10월 15일

신성을 향한 간구와 기도가 쉬워지게 하는 길은
겸손에 깊고 철저하게 항복하는 것이다. 여기서 겸손이란
'에고/마음은 그 구조와 설계로 말미암아
본래 진실과 거짓을 (말하자면 본질과 외관을) 구별하는
능력이 있을 수 없다'는 실제 사실을
그저 솔직히 인정하는 상태를 말한다.

내 안의 참나를 만나다

10월 16일

더 높은 수준의 진실을 탐구하는 어떤 것은
개인적인 '나'가 아니라 의식 자체의 한 측면이며
그것이 영감, 헌신, 전념, 인내로 나타나는데,
그 모두가 영적 의지의 측면들이다.
따라서 **큰나**를 찾는 탐구의 근원은 **큰나** 자체다.
큰나가 그 자신의 특성들로 인해
헌신 등의 필요한 과정을 현실화하는 것이다.
과정들은 **은총**에 의해 수월해진다.

나의 눈

"자기와 비슷한 것에게 가"고
"같은 종의 새들이 함께 날아가"는 우주에서 우리는
우리가 발發하는 것을 우리에게 끌어당긴다.

의식 혁명

---

* "자기와 비슷한 것에 끌린다(draw)."거나 "같은 종의 새들이 함께 모인다(flock)."는 의미의
  관용구를 저자가 각각 go와 fly를 써서 변형했는데 그것을 그대로 옮겼다.

문: 세상에는 매력 있는 것이 끝없이 많은 것 같다.

그런 것에 다가가도 정말 괜찮을까?

그냥 피하고 싶을 때가 많다.

답: 그런 매력은 세상에 고유한 것이 아니다.

투영된 가치관을 되비춰 주고 에고 만족이라는

보상에 대한 기대를 되비춰 주는 것이다.

실제로는 환희는 내면에서 생기는 것이지

외부 것에 좌우되는 것이 아니다.

즐거움은 가치 있게 여기는 것이나

높이 평가하는 것과 결부되어 있다.

투영된 가치는 대부분 상상의 산물이고

가치는 욕구를 반영한다. 실제로는

영적 성취 말고는 그 어떤 것도

다른 것보다 더 가치 있지 않다.

내 안의 참나를 만나다

10月 19日

만물이 스스로 창조되는 방법은
신이 실재로서 나타나는 것이다.
따라서 전 우주의 전체성 때문에 각각의 '것'은
그것 그대로인 어떤 것what it is일 수밖에 없다.

나의 눈

10月 20日

만약 우리의 목적이 모두를 위해 세상을
더 살기 좋게 만드는 것이거나 삶을 더 안전하고
더 환희롭고 더 아름답게 만드는 것이라면
그런 목적은 모두의 지지를 받을 수 있다.
보편적 원칙에 바탕하는 것은 파워에 바탕하는 것이다.
사리사욕에 바탕하는 것은 포스에 바탕하는 것이다.

성공은 당신 것

진실이 승리하는 것은 거짓을 항복할 때다.
하지만 그러자면 엄청난 전념과 용기,
믿음이 필요하며 그런 것은 항복에 대한
응답으로 신이 내리는 영감을 통해 제공된다.
신의 뜻으로부터 얻는 승낙이 방아쇠가 된다.

나의 눈

의식의 본성을 낱낱이 살펴볼 때 알게 되는
사실 한 가지가 있다. 의식이 원래의 청정한
비이원성nonduality 상태로 되돌아간 결과로
구원이 일어난다. 이렇게 되는 것은
에고의 의지와 고집이 지닌 이원성들을
신의 **진실**이 지닌 비이원성에 항복하는
'순종'을 통해서만 가능하다.
에고의 이원성에서 벗어나 영의 비이원성으로
되돌아가는 것은 너무나 어렵고 가능성이 낮아
신의 **은총**에 의해서만 그나마 가능한 일이다.
따라서 인간은 옹호자이자 응원자가 되어 주고
에고의 아픔과 괴로움에서 벗어나는
구원의 지렛목이 되어 줄 구원자가 필요하다.

호모 스피리투스

10月 23日

단순하게 말하자면 진실성은 강하고 실제로
효과를 내고 건설적이고 성공적인 반면에
진실성과 반대되는 것은 실패한다.
따라서 진실성은 실리적이다.
진실성이 없으면 약해지고 무너진다.

호모 스피리투스

10月 24日

예로부터 에고의 프로그램들을 포기하는 것은
몹시 힘들고 어려우며 해내는 데
여러 생이 필요한 일이라고 설명되었다.
이 설명과는 반대로, 철저한 겸손이 있고
신에게 모든 것을 매우 깊이 항복하려는 자발성이 있으면
전환이 찰나에 일어나는 일이 가능해진다.
그래서 깨달음에 이르는 길은 오래 걸리는 과정으로
볼 수도 있고 금방 끝나는 과정으로 볼 수도 있다.

호모 스피리투스

진정한 성장과 진화에 필요한 가장 중요한 자질은
삶의 원칙으로 실천하는 겸손이다.
자진해서 겸손을 마음가짐의 기본으로 삼는 것이
실력 부족에 따른 뼈아픈 결과로 어쩔 수 없이
겸손해지는 것보다 훨씬 덜 고통스럽다. 사회 일각에서
대중에게 주는 인상이 좋지 않음에도 불구하고
겸손은 전문성과 지혜와 원숙함을 나타낸다.
겸손이 바탕하는 기반이자
겸손이 바탕하는 궁극적 실상은 진실이기에
겸손은 본성상 약점이 될 수 없다.
오히려 마음이 어떤 것에 '대해 알' 수 있을 뿐
외관과 본질을 구별할 수 없음을 밝혀 준다.

진실 대 거짓

문: 어떻게 하면 영적 에고의 발달을 막을 수 있을까?
진보에 성공할 때마다 에고가 커질 것 같은데.
답: 좋고 나쁜 행위를 하는 자나
목적 있는 행동을 하는 자와 같은 개체는
존재하지 않음을 깨달으라.
원망받거나 공을 인정받을
행위자/자아 같은 것은 존재하지 않는다.
진보는 영적 의지가 동의하면 의식의 어떤 특성이
작동에 들어가서 가져오는 결과이기 때문이다.
영적 영감이 작업의 에너지가 된다.
이 에너지는 에고/자아로부터 발하는 것이 아니다.

호모 스피리투스

인식에 대한 에고의 지배가 약화됨에 따라
세상의 겉모습에 대한 마음의 해석도 줄어든다.
해석하며 내리는 판정들은 투영된 인식에 근거한다.
그래서 마음은 끝없는 환상을 인식한다. 이런저런
판단에 바탕한 갖가지 분류도 포함하는 환상이다.
또 어떤 것들이 '좋은' 선택으로 해석되면
그것을 채택하거나 동의하고 싶어진다.
그러므로 모든 인식은 내용content을 나타낸다.

내 안의 참나를 만나다

인간이 지닌 약점에 영합함으로써 우리가 강해질 수는
없다. 우리는 강점에 힘이 되어 줌으로써 강해진다.
타인의 활기에 힘이 되어 주면 우리도 활발해진다.
타인의 훌륭함에 힘이 되어 주면 우리도 훌륭해진다.
삶의 아름다움에 힘이 되어 주면 우리도 아름다워진다.
진정으로 가슴에 바탕하고 있다면 성공에 대해서는
걱정할 필요가 없다. 세상 사람들이 우리를
변함없이 사랑하고, 우리에게 힘이 되어 주고,
우리의 온갖 실수를 용서할 것이다.
모든 고객을 왕족처럼 대하면 놀랍게도 우리 자신이
어느덧 상당히 왕족스러운 삶을 살게 된다.

성공은 당신 것

선택의 폭은 보통 그 사람의 시야에 의해서만 제한된다.

의식 혁명

환희와 행복의 진정한 원천은 지금 이 순간
자신이 실재함을 깨닫고 있는 것 자체다.
외부에서 어떤 일이 생기거나
뭔가를 얻어서 즐거울 때도 있지만
즐거움의 원천은 늘 내면에서 비롯한다.
시간의 어느 한 순간에도,
문제 같은 것은 존재할 수 없다.
불행은 현 순간의 실상을 벗어나 과거와
미래를 가지고 이야기를 지어내는 데서 시작한다.
과거나 미래는, 존재하지 않기에
실상이 전혀 없는 것들이다.

나의 눈

두려움 탓에 신을 찾는 것이 아니다.
두려움은 사실 신의 존재를
알아차리지 못하게 만든다.
저항하던 에고를 완전히 항복해
이해를 넘어선 평화가 드러나는 것은
두려움을 버릴 때 비로소 가능해진다.

현대인의 의식 지도

11월

11月 1日

삶이라는 선물에 감사하는 사람은
그 삶을 신에게 다시 선물로 바치기 위해
신의 창조물인 모든 생명에게 사심 없이 봉사한다.

나의 눈

11月 2日

사람은 참회와 고해의 '의무'를 **큰나**에게만 진다.
사람은 '죄와 죄책감' 되무름의 '의무'를 **큰나**에게 진다.
사람은 사는 방식 변화의 '의무'를 **큰나**에게 진다.
사람은 입장성 포기의 '의무'를 **큰나**에게 진다.
괴로움은 에고에게만 쓸모가 있다. 욕구나 감정이 없고
인간의 고통에 조금도 즐거워하지 않을 신에게
괴로움이 무슨 쓸모가 있겠는가?

호모 스피리투스

사랑이 담기지 않은 예술은 없다.
예술은 언제나 혼을 불어넣는 과정,
육신의 손길이든 정신의 손길이든
인간의 손길로 하는 공예다.
이는 네안데르탈인 시대부터 그랬고
앞으로도 늘 그럴 것이다.

의식 혁명

항복하는 법을 아는 것은 큰 가치가 있다.

어떤 감정도 언제 어디서든

한 순간에 놓아 버릴 수 있기 때문이다.

계속해서 수월하게 할 수 있기도 하다.

항복한 상태는 어떤 상태일까?

항복한 상태란 특정 방면에서

부정적 감정이 없어진 덕분에

창의성과 즉흥성이 외부의 반대를 받거나

내면 갈등의 방해를 받지 않고

발현될 수 있는 상태를 말한다.

내면의 갈등과 기대에서 벗어나면

주변 사람에게도 최대한 자유를 준다.

또한 항복의 상태를 통해

우주의 본성을 체험할 수 있게 되어

우주의 본성은 어떤 상황에서든 최대한 좋은 것이

현실로 나타나게 하는 것임을 알게 된다.

철학적으로 들릴 수도 있겠지만

항복한 상태가 되면 몸소 경험할 수 있는 진실이다.

놓아 버림

11月 5日

피할 수 없는 일에 맞닥뜨릴 때
영적 작업의 위력이 나타난다.
그 직면의 순간이 의식의 도약을 요구한다.

치유와 회복

11月 6日

비록 맥락이 의식의 선천적 특성이긴 하지만
대개 맥락을 명시하거나 확인하거나 규정하지는 않는다.
그러므로 이전에는 진실 자체를 다루는 과학이 전혀
없었고 검증하거나 확인할 수단은 더군다나 없었다.
따라서 불가피하게도 인류는 허우적거리다가
끝없는 재앙에 반복해서 빠진다. (이를테면
같은 실수를 거듭하면서 다른 결과를 바란다.)

현대인의 의식 지도

11月 7日

에고가 자기를 보호하기 위해 사용하는 한 가지 기제는
고통스러운 기억과 절연하고는 그것을
세상과 타인에게 투영하는 것이다.

호모 스피리투스

11月 8日

삶에 대한 모든 반응은 주관적이다.
실제로 지독하거나 흥분되거나 슬프거나
좋거나 나쁜 일이 일어나고 있는 것이 전혀 아니다.
참사가 '벌어지면' 안 된다, 무고한 사람들이 그런
일을 겪으면 안 된다, 끔찍하지 않냐, 누군가의 잘못이
분명하다 같은 입장을 고수하는 것은 무의미하다.
관점의 폭이 넓은 사람은 삶의 내용에도 동요하지 않고
삶의 맥락에도 동요하지 않는다.
이렇게 되려면 비판을 하거나 기대를 걸거나
예민하게 굴기를 그만둘 필요가 있다.

호모 스피리투스

11月 9日

말하자면 진실과 실상은 등가물을 나타내며
이 등가물의 타당성을 이제는 진실의 수준이
눈금으로 매겨진 척도를 참조해
검증 가능하다고 할 수 있다.
객관적이고 개인과 무관하며 관찰자의
견해에 영향받지 않는 척도다.
진실을 주장하는 서술을 하려면
맥락을 구체적으로 명시해야 한다는 사실을
깨닫는 것이 중요하다.

현대인의 의식 지도

11月 10日

진정한 사랑은 상실의 두려움이 없고
특징적으로 애착이 없다.

놓아 버림

11월 11일

모든 삶은 좋아졌다 나빠졌다 한다.
모든 사람은 태어나 아픔과 괴로움을 겪고 죽는다.
기쁘거나 슬프고, 잘되거나 망하고, 늘거나 준다.
주식 값이 오르고 내린다. 질병과 사고가
닥쳐오고 물러간다. 삶이라는 카르마 춤이
우주라는 카르마 극장에서 펼쳐진다.

호모 스피리투스

11월 12일

사람의 의식 수준은 그 사람이 충성하는 원칙에 의해
결정된다. 의식의 진보를 지속하려면 원칙에 대한
충성이 흔들리면 안 된다. 흔들리면 그 사람은
수준이 도로 떨어진다.

의식 혁명

11月 13日

자신에게 솔직한 사람은 남에게 툭하면 감정을
다치거나 따질 일이 없다. 정직하게 통찰하면
실제의 감정상 고통은 물론 잠재적인
감정상 고통까지 줄이는 이로움을 즉각 얻는다.
사람이 감정상 고통에 취약한 정도는
자기를 알아차리는 정도나 받아들이는 정도와
그대로 직결된다.

의식 수준을 넘어서

11月 14日

영적 서원이 에너지를 얻는 것은 영적 의지가 **신성**의
속성에 정렬할 때다. 신성은 진실하고 사랑하고 연민하고
현명하고 편애하지 않는다는 속성을 띤다. 헌신하면
삶의 우선순위가 정해지고 헌신에 도움이 되는 것이
끌어당겨진다. 신의 종이 된다는 것은 영적 목표가
여타 모든 입장성이나 끌리는 것이나 집중을
방해하는 것보다 우선하도록 전념하는 것을 말한다.

내 안의 참나를 만나다

11月 15日

생각은 어항 속의 금붕어와 같고
진정한 **큰나**는 어항의 물과 같다.
진정한 **큰나**는 생각들 사이의 공간,
더 정확하게는 모든 생각의 바로 밑에 있는
말없는 알아차림의 장이다.

놓아 버림

11月 16日

모든 용서는 모두에게 이롭다. 우주는 모든 행동을
감지하고 기록했다가 같은 것으로 갚는다.
우주의 선천적인 구조와 기능 자체 때문에
카르마는 사실 우주의 본성 자체다.
우주에서는 시간을 영겁 단위로 잰다.
영겁을 넘어서면 시간은 아예 존재하지 않는다.
모든 친절은 그래서 영원하다.

나의 눈

영적 작업에서 중요한 것은 내용에 대한 애착이나
내용과의 동일시를 거두어들인 다음
자신의 실상이 맥락임을 점차 깨닫는 것이다.
가장 짧게 설명하자면
자아는 내용이고 **큰나**는 맥락이다.

호모 스피리투스

모든 영적 작업에서 결정적으로 중요한 것은
진실을 기꺼이 말할 수 있는 그릇이 되는 것이다.
그 진실은 '나는 모른다'일 때가 아주 많고
이 '나는 모른다'에서
신에게 항복하고자 하는 자발성이 나온다.
진실은 항복의 행위를 통해 나타난다.

치유와 회복

11月 19日

지나친 욕망이 결핍의 착각을 일으킨다.
돈 들어오는 속도보다 빠르게 돈을 쓰면
외견상의 돈 문제가 생기는 것과 같다.

호모 스피리투스

11月 20日

문: '신에게 항복'이란 말의 참뜻은 무엇인가?
답: 통제를 항복하고 에고의 입장성에서 얻는
은밀한 만족감을 항복한다는 뜻이다.
오직 사랑 그리고 신에게 의지해 생기와 환희를 얻으라.
이 선택권이 매 순간 주어지고 있다.
마침내 선택하면 보상이 막대하다.
청원을 하면 영적 알아차림이 길을 밝혀 준다.
열쇠는 자발성이다.

호모 스피리투스

신의 **전체성**과 **사랑**과 **완전성**Totality에 반대되는 것은
존재하지 않는다. 자신의 생명 자체를 항복하고 신을 위해
죽고자 하는 의구심 없는 자발성이 있는 경우가 아니라면
깨달음 대신 영적 정화를 노력의 목표로 삼아야 한다.

호모 스피리투스

에고는 포스에 의존한다.
반면에 영은 파워로 영향을 미친다.
알아차림awareness은 알고 있다.
내가 하는 일이 아니라
나라는 사람 자체who you are와
내가 되어 있는 존재 자체what you have become가
결국에는 중요하다는 것을.

호모 스피리투스

11月 23日

자신의 가치를 못 느껴 내심 허무해하는 대신
자신을 참으로 사랑하고 존중하고 존경한다면
더 이상 행복의 원천을 세상에서 찾지 않아도 된다.
그것은 우리의 내면에 있기 때문이다.

놓아 버림

11月 24日

세상은 사실 오락물이다. 가볍게 즐길 거리처럼,
세상은 가볍게 걸치라고 있는 옷과 같다.
천국은 내면에 있다가 알아차림에 의해 드러난다.
세상은 겉모습에 지나지 않는다.
세상의 멜로드라마는 왜곡된 인식이 부리는 술수다.
이렇기에 사람은 '세상은 크고 강하고 영원한데
큰나는 작고 약하고 단기적'이라고 생각하게 된다.
하지만 정확히 그 반대가 진실이다.

나의 눈

11月 25日

고통 없는 성장의 열쇠는 겸손이다. 겸손은
바꿔 말하자면 그저 오만과 가식을 버리는 것이고,
또한 오류를 저지를 수도 있는 것이 자신과 타인의
정상적이고 인간적인 특징임을 받아들이는 것이다.

진실 대 거짓

11月 26日

문: 심판의 날이란?
답: 인간은 에고의 특성들을 신에게 적용하고는
신을 두려워한다. 모든 날이 심판의 날이다.
그날은 이미 세상에 닥쳐 끝없이 계속되고 있다.

호모 스피리투스

성급히 비판하는 습성은

모든 에고의 엄청난 자만심을 나타낸다.

성경에서는 "비판받지 않으려면 비판하지

말라."고 한다. "주님께서 심판은

나의 몫이라고 하셨다."라고도 한다.

그리스도는 용서하라고 했다.

붓다는 인식perception을 통해서는 환상만 보이니

비판할 만한 대상은 존재하지도 않는다고 했다.

인식은 언제나 단편적이고 임의의 맥락에 제한되어 있다.

실제로는 어떠한 비판도 가능하지 않다.

나의 눈

에고에게 가치는 감정적 정신화mentalization의
한 가지이나 **실상**에는 정신화가 필요 없다.
겸손한 사람이라면 모든 것은 투영된 가치와는
무관하게 그저 '있는 그대로 있다'고 솔직하게
밝힐 수 있고 그 사실을 목격할 수 있다.
모든 것의 본질적 가치는 그것이 '있다'는
점이다. 즉 실재는 자체적으로
완전해서complete '특별한'을 투영받아
'특별한 것'으로 명사화될 필요가 없다.
모든 **창조물**의 **신성한 본질**이 막힘없이 빛을 낼 때
에고/마음은 경외감 속에서 침묵에 들어간다.

내 안의 참나를 만나다

11月 29日

세상을 이루고 있는 많은 요소와 강제력force이
인간의 삶과 행복에 해로운 것은 명백하지만
그런 것을 혐오하거나 악마 취급할 필요는 없다.
그저 적절히 용인하고 피하라.

의식 수준을 넘어서

11月 30日

기꺼이 사랑을 베풀게 되면,
자신이 내내 사랑에 에워싸여 있었는데
그 안으로 들어가는 법을 몰랐을 뿐임을 바로 알게 된다.
사랑은 사실 모든 곳에 존재하니
그 존재를 깨닫기만 하면 된다.

나의 눈

12月 1日

의식의 법칙 한 가지는 이렇다. 우리가 어떤
부정적 생각이나 믿음에 지배되는 것은
그것이 우리에게 적용된다고
의식적으로 말하는 경우뿐이라는 것이다.
우리는 부정적 신념 체계를 믿지 않기로
결정할 자유가 있다. 부정적 신념은
우리가 받아들이길 거부하면
우리의 삶을 지배하지 못한다.

놓아 버림

12月 2日

내가 하는 말이나 내가 가진 것이 아니라
나의 존재 자체what we are가 타인에게 영향을 미친다.

나의 눈

사랑은 감정의 일종으로 오해되지만 사실 사랑은
알아차림의 상태이고 세상에서 존재하는 태도이자
자신과 타인을 보는 태도다. 신이나 자연에
대한 사랑, 심지어 애완동물에 대한 사랑이
영적 영감으로 통하는 문을 열어 준다. 다른 사람을
기쁘게 하려는 바람이 이기심보다 중요해진다.
사랑을 베풀수록 사랑을 베풀 역량이 커진다.
좋은 초기 실습 한 가지는 하루 중에 마주치는
사람들의 행복을 그저 마음속으로 비는 것이다.
사랑은 자애로움으로 꽃핀다.
갈수록 더 강렬해지고 상대를 가리지 않게 되고
환희에 차게 되는 자애로움이다.

나의 눈

12月 4日

영의 운명은 — 결과가 좋든 나쁘든 — 사람이 하는 선택과
결정에 달려 있다.

호모 스피리투스

12月 5日

자애로움은 세상에 공감하는 방식 가운데 하나다.
겉보기에는 별것 아닌 것 같지만
강력한 영향력이 있는 인심 좋은 마음가짐이다.
다른 사람들을 기쁘게 해 주고 하루를 즐겁게
해 주고 짐을 가볍게 해 주려는 바람이다.
하루 중에 만나는 모든 사람을 그저 친절하게
우호적으로 대하고 칭찬도 건네 보면
그들이 평소에 얼마나 사랑을 못 받고 사는지 알게 된다.

나의 눈

어떤 상실로 계속 비탄에 젖는 것은

상실 상태는 받아들이지 않고 저항하면서

비탄 쏟아지는 것은 개의치 않기 때문이다.

감정이 지속되는 것은

감정을 포기하지 않으려고 저항하기 때문이다.

자신이 비탄을 해결할 수 있다는 사실을 받아들이면

이미 자부심의 수준에 올라온 것이다.

그러면 '할 수 있다'거나 '해결할 수 있다'는

기분에 힘입어 용기의 수준으로 올라갈 수 있다.

내면의 감정과 맞닥뜨려 그것을 놓아 버릴 용기가 있으면

계속해서 받아들임의 수준으로 옮겨가고,

최종적으로는 평화의 수준에 이른다.

놓아 버림

경험적으로 볼 때 죄책감은 에고의 버팀목들이 제거되기
전까지는 '현실'로 기능한다. 때로 영적 구도자들은
새로 갖게 된 영적 입장에서 자신의 과거 행동을
비판적으로 되돌아보기 쉽다. 자기 성찰은
늘 연민을 가지고 해야 하며 과거에 저지른 실수들은
그 맥락이 달랐다는 점도 명심해야 한다.
죄책감을 해소하는 가장 좋은 방법은
신과 주위 사람들에게 다시 헌신하고
자신과 타인의 용서에 다시 헌신하는 것이다.

호모 스피리투스

우리가 인간이라는 사실 자체가 우리 모두에게 짐 지워진
'고통의 원인'이다. 우리는 태어나게 해 달라고
청한 기억도 없는데 그런 뒤에 태어나면서 물려받은
마음은 능력이 부족해 삶이 나아지게 하는 것과 죽음에
이르게 하는 것을 거의 구별하지 못한다. 삶에서
벌이는 투쟁 전체가 이 근시안에서 벗어나려는 일이다.

의식 혁명

12月 9日

애착의 대상은 늘 착각이나 환상이다.
애착은 신을 사랑하면 항복할 수 있다.
신을 사랑하면 위안이 되어 온 친숙한 것을
놓아 버리려는 자발성이 솟는다.

호모 스피리투스

12月 10日

진보한 상태들에서 필요한 영적 정보는
그것이 필요할 때를 위해 일찌감치 익혀서
간직해 두어야 한다. 수준 높은 정보를 미리 들어
두는 것의 부정적인 면은 지성이 '나 그거 알아'라고
잘난 척하며 주제넘게 구는 것이다. 그러기보다는
'그렇게 들은 적 있는' 정보로 보유하는 것이 낫다.
진정한 '안다know'는 '있다be'여서, 이 상태인
시점에서 사람은 알지 못한다. 대신에, 있다.

내 안의 참나를 만나다

12月 11日

용서할 수 있는 역량은 인간 특유의 상태에 고유한
한계들을 솔직하고 겸손하게 받아들일 때 생긴다.
결국 인간 특유의 상태는 의식 진화의
학습 곡선상에서 어느 지점에 있는 것일 따름이다.

의식 수준을 넘어서

12月 12日

수준 높은 진실의 어떤 출처에도
신이 인간의 죄책감에 영향받거나
누그러진다는 암시는 없다.
역사상의 위대한 현자sage들은
죄책감에 대해 이야기하는 대신
'죄'는 무지로 인한 것이라고 말한다.

호모 스피리투스

애착은 에고의 매우 기묘한 특성이다.

사방의 온갖 것에 수많은 형태로 달라붙는

애착을 모두 완전히 되무를 수 있는 방법은

애착 대상에 대한 신뢰나 그 현실적 가치에 대한

신념을 단순히 놓아 버리는 것이다.

어떠어떠한 나self, 남이 보는 나me, 내가 느끼는

나에 대한 애착은 애착의 근본이 되는 덫이다.

사람은 자기의 공상적 가치를 기어이 찾아낼 수 있다.

자아self는 자기가 가치 있게 여기는 것에

달라붙게 되니까.

애착은 에너지와 의도를 필요로 하고 에너지와

의도 덕분에 지속된다는 사실에 주목하라.

마음은 애착 자체가 자기의 생존 도구라고 보고

애착의 과정 자체에 달라붙는다.

에고를 놓아 버리는 일의 토대는 신의 대체물로

에고에 애착하는 것을 항복하려는 자발성이다.

호모 스피리투스

모든 용기는 따뜻한 가슴heart에서 나온다.

누가 강심장이라면

그는 사자의 심장heart을 갖고 있는 것이다.

성공은 당신 것

12월 15일

우주의 어떤 일도 우연이나 뜻밖의 사고로 일어나지 않는다. 우주는 조리 정연한 동시 발생이자 (에너지 패턴들의 수가 무한한 데 따른) 무수한 조건들의 상호 작용이다. 알아차림의 상태에서는 이런 모든 것이 분명해 또렷하게 보고 알 수 있다. 이런 알아차림의 수준이 아닌 경우에는 우주를 보이지 않는 무수한 자기장들에 비유할 수 있다. 제 위치들을 자동으로 합치거나 밀어내고 위치와 상대적 세기 및 극성에 따라 상호 작용하는 자기장이다. 모든 것은 다른 모든 것에 영향을 미치며 완벽한 균형을 이루고 있다.

나의 눈

12월 16일

신의 본성을 이해하려면 사랑 자체의 본성만 알면 된다. 진정으로 사랑을 알면 신을 알고 이해하며 신을 알면 사랑을 이해한다.

나의 눈

12月 17日

의식 연구는 죽음이란 있을 수 없는 일임을 보여 준다.
생명은 그 영원한 근원 덕분에 존재하며
근원과 분리될 수 없다. 선형적이고
크기나 양이 유한하고 시간이 한정된 것은
영원하고 비선형적인 것 덕분에 실재하게 된다.

의식 수준을 넘어서

12月 18日

진정으로 강인하면 친절하고 온화하며
말이나 표정도 부드럽기 마련이다.
이런 태도나 입장은 스스로 선택하는 것이지
강요받아 취하는 것이 아니다.

성공은 당신 것

12月 19日

환희의 원천은 언제나 존재하고 언제나 접할 수 있으며
상황에 좌우되지 않는다. 이 원천을 가로막는 걸림돌은
두 가지뿐이다. (1)언제나 존재하고 언제나 접할 수
있음을 모르는 무지와 (2)보상에서 얻는 은밀한
즐거움 때문에 평화와 환희가 아닌 어떤 것을
평화와 환희보다 가치 있게 여기는 것이다.

나의 눈

12月 20日

우리에게는 진실과 평화, 환희를 선택할 권리가
줄곧 주어져 있다. 하지만 버릇된 생각으로 내내
달리 선택한 데 따른 무지와 무無알아차림의
이면에 권리가 묻혀 있는 것처럼 보인다.
신에게 항복하여 다른 선택을 모두 거부하면
내면에 묻혀 있던 진실이 밝혀진다.

나의 눈

12月 21日

문: 세상과는 어떻게 관계 맺는 것이 가장 좋을까?
답: 세상 '속'에 있되 세상에 '속하지' 말라.
세상은 수단이지 목적이 아님을 잊지 말라.
애착 없이 상호 작용하면 내면의
에고 입장성들 때문에 버릇되어 있던
행동 방식과 마음가짐이 드러난다.

내 안의 참나를 만나다

12月 22日

---

*신*을 사랑하기로 하면 기도와 경배가
*신*의 사랑을 작동시킨다.

의식 수준을 넘어서

12月 23日

자부심의 해독제는 '중요한 사람이 되고 싶다, 내가 옳다,
당한 만큼 되갚아야 한다, 남을 탓하는 게 너무 좋다,
남을 감탄시키고 싶다' 같은 입장성 대신
겸손과 진실성을 선택하는 것이다.
성취의 모든 공을 에고에게 돌리는 대신
내면에 존재하는 **신성**인 신에게 돌린다.
그러면 성취 뒤에 감사와 환희를 느끼게 되고
상처받기 쉬운 자만심은 생기지 않는다.

의식 수준을 넘어서

12月 24日

인간의 삶은 영의 발전에 도움된다.
삶을 통해 구원을 얻고 서로에게 봉사하기 위한
궁극의 학교가 세상인 것으로 이해되면
세상을 바라보기가 덜 고통스럽다.

호모 스피리투스

12月 25日

나에 대한 신의 사랑과 뜻을 보여 주는 생생한 증거는
나 자신의 실재라는 선물이다.

호모 스피리투스

12月 26日

생각들 자체는 괴로움을 주지 않지만
그 밑에 깔려 있는 감정은 그렇지 않다!
감정이 쌓여 생긴 압력이 생각을 일으킨다.
예를 들어 하나의 감정이 일정 기간 동안
수많은 생각을 일으킬 수 있다. 어린 시절의
괴로운 기억이나 끔찍하게 후회스러워 내내
감춘 일 하나를 떠올려 보라. 그 하나의 사건과
관련된 모든 세월과 그 세월 동안의 생각들을
살펴보라. 그 밑에 깔려 있는 괴로운 느낌을
항복할 수 있으면 모든 생각은 즉시 사라지고
사건 자체를 잊을 수 있을 것이다.

놓아 버림

12月 27日

내가 참새로 존재하든 잔디로 존재하든
그에 대해 이해해야 할 점은 아무것도 없음을
깨달으라. 실상은 더없이 단순하다.

호모 스피리투스

12月 28日

사회의 시장 활동에서 벌어지는 문제들을
해결할 힘이 있는 기본 원칙이 있다.
문제의 원인으로 추측되는 것들에 대해
그 해결책은 지원하고 공격은 하지 않는 것이다.

의식 혁명

12月 29日

미움받는 가해자가 궁지에서 헤어날 수 있도록
기꺼이 용서할 때, 궁지에서 헤어나는 사람은
가해자가 아니라 용서한 사람 자신이다.

의식 수준을 넘어서

12月 30日

인간의 한계를 받아들이고 모두가 참으로
자기 세계관의 포로임을 알면 연민이 생긴다.
애착이 없으면 압박감이 사라진다. 세상을 바꾸거나
다른 사람들의 관점을 바꾸려고 노력해야 한다는 압박감,
의견 차이 때문에 다른 사람들을 비난하고 싶은 압박감이
사라진다.

현대인의 의식 지도

문: 실현성 있는 목표는 어떤 것인가?
답: 영적 진실을 경험으로 검증하는 것,
그리고 단순히 영적 진실에 맞게 살기보다는
영적 진실 자체가 되는 것이다. 그 과정은 진실이
점점 더 밝혀짐에 따라 행복은 커지고 두려움,
죄책감, 기타 부정적 감정은 줄어드는 과정이다.
그 동기는 내적 성장, 진화, 잠재력 실현이며
이는 외부 세상과는 독립적인 동기들이다.
단순히 반복되는 삶이 아닌 꾸준히 진행되는 삶이 된다.
경험하는 모든 일이 동등한 가치를 지니고
고유의 즐거움을 준다. 그래서 더 이상 즐거움과
언짢음이 번갈아 가며 끝없이 잇따르는 삶이 아니다.
내면이 진보함에 따라 맥락이 커지는 덕분에
중요성과 의미를 더 잘 알아차리게 된다.
그리하여, 잠재력 실현으로 희열을 얻는다.

내 안의 참나를 만나다

이 용어 해설은 호킨스 박사의 여러 저작에서 관련 설명을
발췌하여 편집한 것이다.

깨달음Enlightenment: 보통의 의식을 대체하는 드문 알아
차림의 상태. 자아가 **큰나**로 대체된다. 이 상태는 시간이나
공간을 넘어서고 말이 없고 어떤 뜻밖의 사실로서 나타난다.
에고의 소멸에 뒤따르는 상태이기도 하다.

맥락Context: 어떤 관점의 근거지가 되는 관찰의 장 전체.
맥락에는 어떤 말이나 벌어진 일의 의미에 단서를 붙이는 중
요한 사실들이 다 포함된다. 예를 들어 데이터는 그 맥락이

명확히 규정되어 있지 않으면 아무런 의미가 없다. '맥락을 고려하지 않는' 것은 말의 의미를 멋대로 헤아리지 않도록 단서를 붙이는 데 도움될 부대조건들을 밝히지 않음으로써 말이 미칠 영향의 중요성을 왜곡하는 것이다.

비이원성Nonduality: 인식이 일어나는 현장이 고정되어 있는 데 따른 한계가 초월되면 우리가 알고 있는 식의 '분리'나 '공간과 시간' 같은 환상이 그친다. 비이원성의 수준에서는 관찰은 있지만 관찰자는 없다. 주체와 객체가 하나이기 때문이다. 너-와-나You-and-I가 모든 것을 신성한 것으로 경험하는 **하나의 큰나**가 된다. 비이원성에서 의식은 자신을 나타난 것manifest과 나타나지 않은 것unmanifest 둘 다로 경험하지만 그럼에도 경험자는 존재하지 않는다. 이 실상에서 시작과 끝이 있는 유일한 것은 인식의 행동 그 자체다.

선형적Linear: 선형적인 문제는 뉴턴 물리학 식의 논리적 진행을 따르므로 미분 방정식을 사용하는 전통적인 수학으로 풀 수 있다.

에고 또는 자아Ego or self: 에고는 생각과 행동의 이면에 있는 상상의 행위자다. 에고는 생존을 위해 없어서는 안 될

극히 중요한 것으로 굳게 믿어진다. 왜냐면 에고는 그 주된 특성이 인식이라 인과율이라는 추정상 법칙의 패러다임에 갇혀 있기 때문이다. 에고는 처리 및 계획의 센터라고 할 수 있다. 통합과 집행, 전략과 전술의 중심focus으로서 조직하고 대처하고 정보를 분류하고 저장하고 인출하는 일을 한다. 에고는 인간의 의식을 지배하는 보이지 않는 에너지 장에 끌려든 결과인, 고착된 생각 습관들의 세트라고 볼 수 있다. 이 생각 습관들은 반복이나 사회의 합의를 통해 강화된다. 또한 언어 자체에 의해서도 추가로 강화된다.

마음속에서 말로 생각하는 것은 일종의 자기 프로그래밍이다. '나'를 주어로, 즉 모든 행동의 암시된 원인으로 사용하는 것이 가장 심각한 오류로, 이것이 자동으로 주체와 객체의 이중성을 창출한다. 달리 말하자면 에고는 프로그램들의 세트로, 프로그램들 속에서 이성이 복잡한 다층 알고리즘을 통해 작동한다. 생각이 어떤 결정 트리tree를 따라가는 알고리즘인데 이 트리는 과거 경험, 주입받은 바, 사회적 힘에 의해 다양하게 가중치가 주어지는 것이므로 스스로 만들어지는 조건이 아니다. 본능적 충동도 프로그램들에 달라붙어 있어 충동이 생리적 과정으로 인해 작용에 들어가게 한다.

의식Consciousness: 의식은 알거나 경험하거나 인식하거나 목격하는 능력의 가장 근본적인 바탕으로, 알아차림 능력 자체의 본질이다. 또한 형태가 없고 보이지 않으면서 차원 및 가능성의 수가 무한한 에너지 장으로, 모든 실재의 기반이다. 시간이나 공간이나 위치에 얽매이지 않지만 모든 것을 망라하며 어디에나 있다.

의식은 한정되어 있지 않고 편재하는 우주의 에너지 장이자 반송파며 우주에서 접할 수 있는 모든 정보의 저장소다. 더 중요하게는, 알거나 경험할 수 있는 능력의 본질 자체이자 바탕이다. 결정적으로 의식은 모든 실재의 가장 근본적이고 주요한 특성이다.

의식은 **신성**의 비인격적인 특성이 알아차림으로 나타난 것으로, 비이원적이고 비선형적이다. 의식은 알아차림의 능력이 있는 무한한 공간과 같고 신의 본질이 지닌 특성이다.

이원성Duality: 겉보기에 물체들이 따로따로 떨어져 있는 것이 특징인 형상의 세계. '이것/저것', '여기/저기', '그때/지금', '네 것/내 것' 같은 양분된 개념에 반영되어 있다. 감각들로 인해 이렇게 한계를 인식하게 되는 것은 고정된 관점point of view에 내재된 제약 때문이다.

입장성Positionality: 입장성은 사고 메커니즘 전체를 실행

해 그 내용을 활성화하는 체계다. 입장성은 프로그램이지 진짜 **큰나**가 아니다. 세상에는 완전히 잘못된 독단적 추정인 입장들이 끝없이 긴 병풍처럼 늘어서 있다. 가장 기본적인 입장성들은 이렇다. (1)아이디어들은 의미와 중요성이 있다. (2)반대되는 것들 사이에는 구분선이 있다. (3)저작자인 것은 그 자체로 가치가 있다. 생각들이 가치 있는 것은 그것들이 '내 것'이기 때문이다. (4)생각은 통제를 위해 필요하고 생존은 통제에 달려 있다.

　모든 입장성은 강제 없이 자발적으로 갖는 것이다.

주관성Subjectivity: 삶을 산다는 것은 오로지 경험의 수준에서 사는 것이지 결코 다른 수준에서는 살지 못한다. 모든 경험은 주관적이고 비선형적이다. 따라서 '실상'에 대한 선형적인, 인식을 통한, 순차적인 상술을 접할 때조차 주관적인 것 외에는 경험할 수가 없다. 모든 '진실'은 주관적으로 내린 결론이다. 모든 생명은 그 본질이 비선형적이고 측정할 수 없고 정의할 수 없다. 그리고 순수히 주관적이다.

진실Truth: 진실은 상대적이어서 특정 맥락에서만 '참'이다. 모든 진실은 특정 의식 수준 내에서만 진실이다. 예를 들어 용서하는 것은 칭찬받을 만한 일이지만 나중 단계에서 사람은 실제로는 용서할 것이 아무것도 없음을 알게 된다. 용서를 받을 '다른 사람'이 존재하지 않는다. 나의 에고를 포함한 모든 사람의 에고는 똑같이 실상이 아니다. 인식은 실상이 아니다. 진실은 주관성에서 생겨나고 명백하며 스스로 밝혀진다. 진실은 철저한 주관성이다. 따로 떨어져 있는 '자아'라는 추정된 '실상'을 포함해 이원성의 환상이 무너짐에 따라 무한한 '나'의 상태만 남는다. 이 상태는 **나타나지 않은 것**Unmanifest이 **큰나**로 나타난 것이다. 진실은 반대되는 것이 없다. 허위는 진실의 반대가 아니라 진실의 부재일 뿐이다. 의식의 장을 피해 숨을 수 있는 것은 아무것도 없다. 궁극의 진실은 '~임is-ness'이나 '있음beingness'이나 모든 자동사를 넘어서 있다. '나는 나인 그것이다I Am That I am'나 심지어 그냥 '나는 존재한다I Am'와 같은, **큰나**를 정의하려는 모든 시도는 불필요하다. 궁극의 실상은 모든 이름을 넘어서 있다. '나'는 **자각**Realization 상태의 철저한 주관성을 나타낸다. '나'는 그 자체로 **실상**을 완전하게 진술한 것이다.

카르마Karma: 개인의 카르마는 의식의 비물리적 영역에 존재하는 (컴퓨터 칩과 비슷한) 정보 패키지다. 카르마에는 정보를 저장한 코드가 들어 있는데 이 코드는 영체spiritual body나 혼soul에 본래 있는 부분이다. 그 핵core은 모든 과거 경험

그리고 그와 결부된 생각과 느낌의 뉘앙스가 응축된 것에 해당한다. 영체는 선택의 자유를 갖고 있지만 선택의 범위가 이미 패턴화되어 있다.

카르마는 선형적이고, 혼을 통해 전파되고, 의지가 일으킨 중요한 행동들에 따른 결과로서 상속된다. 사실 카르마는 해명할 책임을 의미한다. 이전의 영적 연구에 언급되었듯이 모든 개체entity는 자신의 행동을 우주에 해명할 책임이 있다. 요약하면, 보통 알려진 바와 같이 카르마(영적 운명)는 의지의 결정에 따른 결과로, 육체적 죽음 이후의 영적 운명을 (즉 천상계 수준들, 지옥, 연옥 또는 이른바 내적 아스트랄계[중유ˇ]들 중에 어디에 속할지를) 결정한다. 여기에는 인간의 육체적 영역에서 환생하기를 선택하는 것도 포함되는데, 의식 측정 연구에 따르면 환생은 개인 의지의 동의를 얻어야 이루어질 수 있다. 그러니 모든 인간은 동의함으로써 이 길을 선택한 것이다. 또한 의식 연구는 모든 사람이 겉보기에는 어떻든 영적 진화를 위해 최적인 조건에서 태어난다는 사실을 보여 준다.

큰나Self: **큰나**는 모든 형상을 넘어서 있으면서도 모든 형상 속의 선천적인 것이다. **큰나**는 시작도 끝도 없이 시간을 넘어서 있고 변하지 않으며 영원하고 죽지 않는다. **큰나**로부

ˇ 중유(中有, bardo): 티벳 불교에서 말하는 죽음과 환생 사이의 상태.

터 알아차림과 의식 그리고 '집처럼 편함at home-ness'이라는 무한한 상태가 생겨난다. **큰나**는 모든 사람의 '나' 감각이 생겨나는 궁극의 주관성이다. 무한한 **실상**은 자기를 '나'라고 알지도 못하지만 자기를 그런 진술 능력의 바탕 자체로 알고 있다. **큰나**는 보이지 않으며 어디에나 있다. **큰나**는 실상의 **실상, 일체성**Oneness, **정체성의 전체성**Allness of Identity이다. **큰나**는 나타나지 않은 것의 나타남manifestation인, 의식 자체의 궁극적 '나임I-ness'이다. 이렇게 하여 비로소 묘사 불가능한 것이 묘사될 수 있다.

데이비드 호킨스 박사는 영성연구원(Institute for Spiritual Research, Inc.)의 책임자였고 2012년 서거 이후에도 여전히 의식 연구 분야에서 널리 알려져 있는 권위자다. 그는 미국정신의학협회의 평생회원으로 50년의 임상 경험이 있는 노련한 임상의로서 의사이자 과학자이자 스승이라는 남다른 시각에서 글을 쓰고 가르쳤다. 그의 이력과 연구 업적은 미국인명사전(Who's Who in America)과 세계인명사전(Who's Who in the World)에 요약되어 있다. 그는 전 세계에서 여러 칭호를 수여받았다. 기사 작위를 받은 바 있고 동양에서는 '태령선각도사(깨달음의 길을 가르치는 최고의 스승)'라는 칭호를 받았다. 호킨스 박사는 하버드, 옥스퍼드 등의 대학교나 웨스트민스터 사원, 노트르담 성당 등지에서 강연했고 가톨릭과 개신교의 교회나 불교 사원에서도 영적 모임을 대상으로 강연했다. 그의 삶은 인류의 향상에 바쳐졌다.

이 책의 본문 사진들 중 30쪽, 90쪽, 208쪽의 사진은 ©Shutterstock에서,
그 외의 사진은 모두 ©Unsplash에서 가져왔습니다.

옮긴이 | 박찬준

서울대학교 물리학과를 졸업했다. 1994년 세계 최초의 전자책 서비스 '스크린북 서점'을
열어 2000년까지 운영했다. 데이비드 호킨스 박사의 저술과 강연 내용을 연구하는
모임(cafe.daum.net/powervsforce)에서는 '찰리'로 알려져 있다. 옮긴 책으로
데이비드 호킨스의 『놓아 버림』, 『성공은 당신 것』, 어니스트 홈즈의 『마음과 성공』,
헬렌 슈크만의 『기적수업 연습서』 등이 있다.

데이비드 호킨스의 365일 명상

1판 1쇄 찍음 2023년 1월 30일
1판 1쇄 펴냄 2023년 2월 16일

지은이 | 데이비드 호킨스
옮긴이 | 박찬준
발행인 | 박근섭
책임편집 | 김하경
펴낸곳 | 판미동

출판등록 | 2009. 10. 8 (제2009-000273호)
주소 | 06027 서울 강남구 도산대로 1길 62 강남출판문화센터 5층
전화 | 영업부 515-2000 **편집부** 3446-8774 **팩시밀리** 515-2007
홈페이지 | panmidong.minumsa.com

도서 파본 등의 이유로 반송이 필요할 경우에는 구매처에서 교환하시고
출판사 교환이 필요할 경우에는 아래 주소로 반송 사유를 적어 도서와 함께 보내주세요.
06027 서울 강남구 도산대로 1길 62 강남출판문화센터 6층 민음인 마케팅부

ⓒ 판미동 2023. Printed in Seoul, Korea
ISBN 979-11-7052-239-3 03840
판미동은 민음사 출판 그룹의 브랜드입니다.